文春文庫

葬式組曲

天祢涼

文藝春秋

目次

葬式組曲

父の葬式

1

親父が死んだという電話がかかってきたのは、日付が一二月一四日に変わる寸前だった。三年前に肺を悪くしてQ市立病院に入退院を繰り返していることは、兄貴から聞かされてはいた。〈一度戻ってこいよ、雄二郎。家族なんだから仲良くしよう。なにかあってからじゃ遅いんだぞ〉。電話の度にそう言っていた兄貴だが、当面は大丈夫と油断していたのだろう。

〈さっき病院で、容体が急変して……〉

その先、受話口から聞こえてきたのは嗚咽だけだった。それに対して俺は、おざなりな相槌を打つことしかできないでいた。

死んだのか、親父が。昔のように話す関係に戻れないまま。

「葬式とか後のことは、兄貴に任せるよ。親父は俺に、家に近づいてほしくないだろうから。なにかあったら連絡してくれ」

なんとかそれだけ言って電話を切ろうとしたが、兄貴は〈親父の葬式について、どうしても直接会って話がしたい〉と涙声で訴えてきた。

だからやむなく、こうしてQ市に戻ってきたのだ。

飛行場でレンタルした車のハンドルを握りながら、窓外に目を遣る。十数年ぶりのQ市は、鄙びたままだった。発展しているのは駅の周辺だけで、少し離れると古くて大きな日本家屋や空き家、背の低いアパートが並ぶだけの、典型的な日本の地方都市だ。

時間がとまっているみたいだな、と思っていると、やけに長いクラクションの音が聞こえてきた。道沿いの屋敷から、黒塗りの車が出てくる。周囲には、喪服を着た人々がずらり。どうやら葬式をしているようだ。いまどき、こんなに規模が大きいものは珍しい。少なくとも俺は、東京に行ってから一度もお目にかかったことがない。

兄貴も、親父の葬式はきっちりあげるつもりなのかもしれない。それを手伝わせるために、俺を呼び戻したのかもしれない。

実家に着いたのは昼すぎだった。

看板に書かれた「久石酒造」の文字は、相変わらず達筆すぎて逆に読みづらかった。出迎えてくれた兄貴も、少しやせて、ひょろりとした印象が強くなったことを除けば、ほとんど変わっていない。街並み同様、ここも時間がとまっているようだ。

仏間に連れていかれる。親父は、布団に仰向けに寝かされていた。

「顔、よく見てやってくれよ」

兄貴に促(うなが)されたが、目を向けようとしただけで頭に血がのぼり、まともに見ることができなかった。

親父との関係を考えれば、仕方がないことだ。

酒蔵で、酒づくりを手がける職人を蔵人(くらびと)、彼らに指示を出すリーダーを杜氏(とうじ)という。杜氏に「こんな酒をつくってほしい」と注文を出すのが蔵元(くらもと)。酒蔵のオーナーだ。規模が小さい酒蔵では蔵元が杜氏を兼ねており、この場合は蔵元杜氏と呼ばれる。

久石家は代々、この地方で蔵元杜氏を生業(なりわい)としてきた。親父は七代目。気難しいが、日本酒の世界では一目(いちもく)置かれる存在だった。人工的な添加物を徹底的に排除し、自然界に存在する微生物だけを用いてつくった酒は、素人から玄人(くろうと)までうならせる味を誇った。

昔は、そんな親父が好きだった。大きな声では言えないが、小学生のころから日本酒をちびちびとやって、親父と盛り上がったこともある。俺の味覚が敏感で、銘柄を当てるのが得意だったからだろう。

日本酒づくりに興味はあった。でも朝から晩まで蔵にこもり、親父の指示に唯々諾々(いいだくだく)と従う仕事は、子どもの目にひどく格好悪く映った。

それよりは、兄貴の絵を見様見真似で描いているうちに興味を持ったデザイナーの道に進みたいと思った。親父が俺のデザインをほめてくれたから、その気にもなった。

でも高一の夏、俺がデザインを仕事にしたいと打ち明けると、親父は猛反対した。

――お前に食っていけるほどの才能はない。野垂れ死にするのがオチだ。おとなしく俺の弟子になった方が身のためだ。

一方的な決めつけに、当然、俺は反発した。顔を合わせれば喧嘩する毎日の始まりだ。兄貴が間に入ってくれなかったら、どこまでエスカレートしていたかわからない。

そんな中で迎えた、高二の夏。

俺が、卒業したら東京のデザイン事務所で働くつもりでいることを告げると、親父の顔はみるみる赤くなった。いつものように怒鳴ってくるかと身構えたが、親父は不意に神妙な顔つきになり、深々と頭を下げた。

――お前は日本酒づくりに向いている。俺の下で、一緒に日本酒をつくらないか。

親父に正面切ってそんなことを言われたのは初めてで頬が熱くなったのに、結局はこれまで以上の大喧嘩になった。俺が「もっと早く頭を下げればよかったんだ」と勝ち誇ったのと、親父が「蔵人になった方がお前のためだから言ってやってるんだ」と恩着せがましい物言いをしたのとどちらが先か、いまとなってはもうわからない。

最後に親父は、こう吐き捨てた。

――お前みたいな能なしに仕事を任せる奴なんていねえ。

その後、俺は親父とろくに話をしないまま高校生活を終え、家出同然に東京に出た。

能なし。そう言い放った親父の声は、いまも頭から離れない――。

「肺をやられてから、急に老け込んだんだ」

俺が親父を見られないでいることに気づく様子もなく、兄貴は言った。

「蔵に入ることもめっきり減った。仕事は、もっぱら杉さんに任せてたよ」

親父の傍らに正座した「杉さん」こと小杉哲夫が、無言で一礼する。

親父は蔵人たちを道具のように扱い、少しでも失敗するとすぐに怒鳴り散らした。一日でやめた蔵人も、俺が知るかぎり三人いる。そんな中、杉さんは確かな腕で、親父に信頼されているという珍しい蔵人だった。

杉さんの手前もあるので、親父の顔を見られないまま、とにかく遺体に手を合わせる。それから、兄貴の方を向いて訊ねた。

「一応訊くけど、葬式をやらないとは考えなかったんだな」

「当たり前だろう、なにを言ってるんだ」

兄貴は苦笑するが、やはり都会とは感覚が違う。

もともと葬式という儀式は「ほんの数時間で終わるのに、何十万も、ときには何百万も払わされるのはおかしい」とマスコミに批判的に取り上げられることが多かった。会計が明瞭なら、まだ話はわかる。でも悪徳な葬儀屋や強欲な坊主たちがなにかと口実をつくり、よくわからないことに金を使わせようとするのだ。身内だけで集まって式をあげる「家族葬」が増えたのは、当然の流れだった。

同じころ、式もなにもせず遺体を火葬して納骨するだけで終わる「直葬」も増えてはいた。しかし珍しくなくなったのは少し前のパンデミックがきっかけだった。人が集まることが難しくなったので、大規模な葬式はもちろん、家族葬すら激減し、その分が直葬に流れた——らしい。

こういう話を、俺は東京に出てから知った。最初に就職したデザイン事務所で、上司が母親を直葬で送ったのだ。驚いたが、「お袋の友だちは年寄りばっかりで葬式をやっても来られないから、『私のお葬式はやらないでいい』と言われていたんだ。葬式に金をかけなかった分、毎日線香をあげるよ」と言われて納得した。

要は、遺族が納得できれば葬式なんてしなくていいのだ。むしろよくわからないことに金を使わされずに済む分、安心して故人を送ることができる。

とはいえ、俺はなにも葬式そのものを否定するつもりはない。

兄貴が続ける。

「『自分に万が一のことがあったら、大勢の人に見送ってほしい』というのが親父の遺言なんだ。式をお願いする葬儀屋さんは、親父がいろいろと調べて事前にお願いしてある。俺も何度か会ったけど、好感の持てる人たちだったよ。家族なんだから、親父の希望を叶えて大きな葬式をあげてやろう」

兄貴は二言目には「家族なんだから」と口にする。こんなところも変わってないと思いながら答えた。

「わかったよ。俺も手伝う。喪主は兄貴なんだから、なんでも言ってくれ」

お礼を言われると思ったが、兄貴は「……うん、まあ」などと口ごもった。

「なんだよ？　手伝わない方がいいのか？」

「違うんだよ、雄二郎。実は……喪主は俺じゃない、お前だ」

なに？

「喪主は雄二郎に任せる。これも、親父の遺言なんだ」

兄貴が口にした言葉の意味を理解できないでいるうちに、杉さんが叫ぶように言った。

「ご、ご冗談でしょう、賢一郎さん。親方は雄二郎さんのことを、親不孝だの、恩知らずだの、役立たずだの、口汚く罵ってたんですよ。喪主に指名するなんてありえない！」

いつも仏頂面の杉さんが、こんなに狼狽するなんて。

「その様子だと、杉さんは喪主についてはなにも知らなかったんですね」

杉さんは動揺のあまり、俺がいることを忘れていたらしい。我に返ると、ばつが悪そうに頷いた。

「賢一郎さんを疑うわけではありませんが、親方がそんな遺言を残したとは……」

「俺もそう思いますよ。なあ、兄貴。なにか勘違いしてるんじゃないのか」

「いいや。喪主は雄二郎、お前だよ」

「ほかにその遺言を聞いた人は？」

「俺だけだ。でも親父は、確かにそう言ったんだ」

力強い言葉とは裏腹に、兄貴は視線を親父に向けて、俺の方は見ようともしなかった。

不意に、子どものころ、お袋を見舞いにいった帰り道、兄貴と手をつないで歩いたときの記憶が蘇る。

――ママはちゃんと帰ってくるよね？

――もちろんだよ。来週には退院できるんじゃないかな。

手を握りしめて訊ねる俺に、兄貴は茜色に染まった空を見上げて答えた。

お袋が死んだのは、その四日後だった。

なるほどな、と思いながら見つめていると、兄貴は俺から目を逸らしたまま言った。

「親父も心の底では、お前と仲直りしたかったんだよ。その気持ちを伝えるために、喪主を任せることにしたんじゃないかな。でなければ、葬儀費用の三〇〇万円を全額託すはずがない」

三〇〇万？

「身一つでこの家を飛び出して、東京でデザイナーとしてやってきたお前なら、俺なんかよりもずっとうまく金を使いこなせる。親父は、そう思ったに違いない」

「いくらと言った？」

「え？」

「葬儀費用だよ」

「三〇〇万円」

「本当か？　本当にその金額で間違いないのか？」

「ああ。その代わり香典は葬儀費用に充てないで、酒蔵の経営に使えと言っていた」

親父はそんなに金を貯め込んでいたのか。そういえば入院するときは必ず個室だったというし、着ているものもそれなりに贅沢だったし……いや、そんなことより。

三〇〇万円。そんな大金が、全額俺に託された。少しでも葬儀費用を抑えれば、残った金は自由に……。思わず唾を呑み込んでしまってから、慌てて顔をしかめる。

「そこまでされたなら仕方ない。喧嘩別れしたとはいえ、親父のためだ。喪主をやる」

「よかった。ありがとう、雄二郎！」

釈然としない面持ちの杉さんとは対照的に、兄貴は安堵の息をつく。

それでもやはり、俺の目を見てはいなかった。


兄貴に連れられ、応接間に移動した。葬儀社のスタッフはそこで待機しているらしい。仏頂面に戻った杉さんは「込み入った話になるでしょうから」と、親父の傍に残った。

葬式の打ち合わせは、人が亡くなった後、数時間以内に行われることが多いという。しかし今回は喪主——つまりは俺——が着くのを待っていたので、葬儀社に頼んで今日に繰り延べしてもらったそうだ。

「葬儀社の人に手間を取らせてしまって申し訳ないよ」

「兄貴は人がよすぎる。葬儀屋というのは、隙あらば遺族から金を巻き上げようとする連中らしいぞ。少しくらい待たせたって構わない」

そう言った俺だったが、応接間の襖を開けた次の瞬間、とくんと胸が鳴った。

「この度は、ご愁傷さまでございました」

正座していた女性が、畳に両手をついて頭を下げてから、俺の目を真っ直ぐ見上げる。大きな瞳が印象的な女性だった。黒いパンツスーツがやけに様になっているせいで年上かと思ったが、たぶん俺より少し年下、二〇代半ばくらいか。下ろしたら長いに違いない黒髪はアップにされ、白く細い首が露になっている。それがやけに色っぽくて、つい目を引き寄せられてしまう。自分のたるみ気味の腹が気になり、ちゃんと筋トレしておけばよかったと場違いな後悔をした。

「ご……ご丁寧にありがとうございます」

口ごもりつつ言うと、女性はふわりと立ち上がった。ただそれだけの仕草にもどきりとさせられながら、名刺を交換する。

「北条葬儀社の社長をしております、北条紫苑と申します」

社長？　こんな若い女が？　すぐには信じられなかったが、俺を見つめる女性——紫苑の瞳からは、ちょっとやそっとのことでは動じない、力強さのようなものが滲み出ていた。小柄で華奢な見た目だが、いろいろ揉まれ、鍛えられているのかもしれない。

「故人さまには生前より、葬儀のご相談をいただいておりました。わたしが病室にうかがった数時間後に容体が急変されたとのこと、驚いております。故人さまのご希望を尊重しつつ心のこもった式となるようお手伝いさせていただきますが、直接の担当は、こちらの二人が承りますので」

紫苑の後ろに立つ男二人とも名刺を交換する。紫苑が担当でないのは残念だが、男相手の方が言いたいことを言えるので好都合か。

一人目の男、新実直也は、中性的な顔立ちをした、落ち着いた雰囲気の青年だった。銀縁眼鏡がよく似合っている。紫苑と同い年か、少し年下。この男には、特に不審な点はなかった。

問題は、二人目の男だった。

やけに目が細いことを除けば取り立てて特徴のない、中肉中背の中年男だ。ベテランなのだろう、どこがどうとはうまく言えないが、なんとなく場慣れした雰囲気が漂っている。一見、信用してもよさそうではある。でも、名前がいかがわしい。

「アンコと申します」

咄嗟に漢字が頭に浮かばなかった。名刺に視線を落とす。

〈北条葬儀社　餡子邦路〉

やけに甘そうな名字だが、本名なのだろうか。しかも「邦路」って……「法事」と同じ読み方なのは、偶然なのだろうか。

「どうぞよろしくお願い致します」

そう言って一礼する新実の傍らで、餡子は黙礼する。仕切り役は新実か。

それから向かい合って座ると、新実が口を開いた。

「死亡届の方は、既に賢一郎さんにご用意いただきました。雄二郎さんはまず、こちらにご記入なさってください」

差し出されたA4用紙には〈ご葬儀確認事項チェックシート〉とあった。「通夜・告別式の日時」「ご宗旨（宗教）の有無」など、チェック項目がずらりと並んでいる。

一般的な仏式の葬式というのは、だいたい次の流れを踏むらしい。

夕刻から一時間程度、坊さんに読経してもらい、弔問を受ける。その後で遺族は、線香の火が消えないよう遺体の傍で見張る「夜伽」をしつつ、故人との最後の夜をすごす。夜通し見張るので「通夜」という（坊さんに読経してもらう儀式だけを取り上げ「通夜式」と呼ぶこともある）。翌日の昼間に「告別式」。これが、故人との最後の別れの儀式となる。それから出棺、火葬して葬式終了。

本来、通夜は近親者だけですごすものであり、弔問を受けるのは告別式のときだった。しかし昼間に行われる告別式には来られない人も多く、通夜に弔問する人が増えたため、段々と区分が曖昧になっていったそうだ。

「火葬の予約は明後日の午後二時でお取りしましたので、通夜は明日夕刻、告別式は明後日の午前と考えております。故人さまが『大勢の人に見送ってほしい』とのことでしたので、ホールはそれに見合ったものを押さえる予定です」

「火葬は明後日ですか。今日はもう無理にしても、明日にはできないんですか？」

「ご訃報をいただいてすぐ連絡を入れたのですが、直近でも明後日しか火葬炉が空いていなかったものでして」

本当にすぐ連絡したのか、と疑いつつも頷く。

「わかりました。日程はそれで構いません。ただ、最初に申し上げておくことがあります。父は家族だけで送ります。大規模な葬式にはしません」

胸ポケットからボールペンを取り出した新実の手がとまった。兄貴が泡を食う。

「なにを言ってるんだ、雄二郎。親父は『大勢の人に見送ってほしい』と遺言したんだぞ。それが家族だけって……肉親は、俺とお前しかいないじゃないか。杉さんたち職人も家族みたいなものだけど、それを合わせたって『大勢』にはほど遠い」

「盛大に式をあげたところで、人が来るはずないだろう」

「だけど、親父の遺言……」

「遺言だからといって、親父に恥をかかせていいのか。家族だけで送ってやる方が親父のためだとは思わないか」

大規模な葬式をやりたくない一番の理由は「三〇〇万円をできるだけ使いたくないから」だが、親父のためだという気持ちも嘘ではなかった……自分でも驚いたことに。

兄貴が口を閉ざすと、俺は新実に向き直った。

「お見苦しいところをお見せしましたが、そういうことですので」

「……ちょっと待ってくださいよ」

新実の声は上ずっている。

「我々は、生前の故人さまと何度も話し合いました。ですから盛大な式をお望みだったことは、よくわかっています。ご子息だからって、それを無下にしていいんですか」

「父がどう言ったのかは知りませんが、喪主は私です」

有無を言わせぬ口調で告げると、新実はボールペンを握りしめた。眼鏡の奥にある目は、客に向けているとは思えないほど険しい。落ち着いているのは外見だけか。俺の方もつられて目が険しくなりかけたところで、思わぬ援軍が現れた。

「喪主をなさるのは雄二郎さんや。おっしゃることは尊重せなあかんで、新実」

よく響く低音の声で言ったのは、餡子邦路だった。自己紹介されたときは気づかなかったが、しゃべり方に妙な訛りがある。「関西に住んだことのない者が聞きかじりで真似た関西弁」としか言いようのない、独特な訛りだ。それはうさんくさいはずなのにどこかユーモラスで、険しくなりかけた自分の目から力が抜けるのがわかった。

「失礼しました、雄二郎さん。ほな、できるだけ小さな式ということで、お打ち合わせさせていただきましょ」

「けど餡子さん、米造さんのご希望は――」

餡子は、新実を手で制した。

「故人さまとご遺族の希望が分かれた場合、ウチはご遺族の方を尊重します。金を出すのは、ご遺族なんやから。ウチらはその金で、葬式をさせていただくんやから」

兄貴と新実は困惑の面持ちだ。

ただ一人、紫苑だけは動じることなく、澄ました顔をしている。

俺はと言えば、大いに満足していた。俺だって伊達に東京でデザイナーとして生きてきたわけじゃない。餡子はそれを見て取って、大きな葬式をやらせること——即ち、金を使わせることをあきらめたのだろう。

「話がわかる葬儀屋さんで助かりました。では、小さな式でお願いします」

「はい。ただ、参列者は来まっせ。それもたくさん」

「来ませんって。お恥ずかしながら、父には人望がありませんでしたから」

親父ほど、腕の割に尊敬されなかった職人も珍しいだろう。

自分がつくった酒と同傾向の酒が発表されると、評論家を接待して、徹底的に酷評させた。若手の杜氏がマスコミに取り上げられると、嫉妬して、あることないこと言いふらした。自分がつくった酒が売れないと「店舗の陳列がおかしい」「消費者の味覚が狂ってる」などと責任転嫁して、反省ということを一切しなかった。こんな男の葬式に来る人がいるはずない。

しかし餡子は、首を横に振った。

「ウチは日本酒が好きなんで米造さんと酒のこともお話しして、いろいろ盛り上がったんやが、老舗（しにせ）の酒蔵とあって随分と交友関係が広かったようですな。そうなると、仕事上の関係者が続々いらっしゃりますわ」

「そんなの、父が亡くなったことを教えなければ——」

「もう知れ渡ってるよ。親父は杜氏として有名だったからな」

兄貴の言葉に、内心で舌打ちしてしまう。

「家族葬だけで済ましても、みなさん、後日お焼香に来はります。いちいち応対するのも大変やから、葬式をあげた方が結果的にご遺族の負担が減ると思いますわ」

「……参列者については了解しました。でもホールは借りなくていい。自宅で充分だ」

その方が安く済むと思ったが、飴子は困ったように眉根を寄せた。

「ご希望ならそうしますが、ご自宅での葬式は、ホールより高くつきまっせ。ホールなら借り賃だけで済みますが、ご自宅となると、葬式らしくするため部屋を飾らなくてはいけない。祭壇を設置するスペースをつくるためスタッフを増員しなければならない。参列者をお迎えするため屋外にテントを張らなくてはならない。要は、手間暇が余計にかかるわけですわ。誤解してる人もいてはりますがね」

顔が火照ってしまう。喪主を務めるのは初めてとはいえ、冷静に考えればわかることじゃないか。

「いかがなさいます、雄二郎さん？」

「……ホールでお願いします」

そう言うしかなかった。

チェックシートの項目を埋め、諸々の段取りを取り決めるのに思いのほか時間がかかった。少しでも費用を抑えようと密かに躍起になる俺だったが、餡子の張る論陣はほとんど崩せなかった。

「祭壇には金をかけたくない。供花はありあわせのものを、適当に見繕ってください」

「かしこまりました。ただ、賢一郎さんに言われて昨夜のうちに、一部は特別に発注しとります」

「香典返しはタオルの一枚でも用意してもらえれば充分です」

「仕事上のつき合いが続くことも考えると、カタログギフトの方がおすすめですわ。参列者が、ほしいものを自由に選べますから」

「通夜式の後に宴席が必要？　通夜振る舞いというんですか？　とりあえずアルコールを用意する必要はありませんよ。日本酒が、うちの蔵にいくらでもありますからね」

「日本酒が苦手な人も、車で来る人もおる。ビールやお茶も用意した方がええです」

万事がこの調子で、葬儀費用はどんどん膨らんでいった。

二六三万円。見積もり額は、それだった。

「故人さまの交友範囲を考えると、これが最小の式ですわ」と餡子は言ったが、全然小さな式じゃない。結局は、いいように金をむしり取られることになってしまった。

少しでも手許に残るだけ、ましだが。

玄関で北条葬儀社の面々を見送った兄貴は、満足そうに頷いた。

「最初はどうなることかと思ったけど、親父が喜ぶ式になりそうだな」

「打ち合わせだけで三時間以上も使うなんて、あの似非関西人が」

悔し紛れに言って、大きく伸びをする。

「疲れたから少し寝るよ。夕飯の時間になったら起こしてくれ」

「待ってくれ」

使ってない布団はないか訊ねる前に、兄貴は言う。

「親父の遺言は、まだあるんだ。一緒に来てほしい」

2

新たに知らされた遺言は単純だった。

母屋の地下室に、売り物にならなかった濁酒を、「適当な瓶」数本に入れて放置してある。それを久石酒造の主力商品・龍酒の瓶に入れ替えろ。龍酒は文字どおり、龍の姿をイメージした、透明な瓶に入っている。その中に濁酒を入れれば、白い龍に見える。葬式のときは、それを遺影の周りに配置しろ。龍酒の中身はもったいないから、濁酒が入っていた適当な瓶に詰めて、ほしい奴に安値で譲ってやれ——本当に単純な遺言だ。

ただし、ひたすら面倒ではある。

龍酒を一旦、空き瓶に避難させる。次に濁酒を、龍酒の瓶に移す。それから濁酒が入っていた（親父曰く）「適当な瓶」を洗う。きれいになったところで、空き瓶に避難させていた龍酒を入れる。瓶の口は細いので、慎重にやらないとこぼれてしまう。母屋の台所で広げた新聞紙に瓶を載せ、さっきからずっとこの作業を続けている。

なんでこんなことをしなきゃならないんだ？　俺が不満を呑み込んでいることを察したらしく、兄貴が苦笑した。

「いらいらするなよ、家族なんだからさ。白い龍に飾られた遺影なんて、派手でいかにも親父好みじゃないか」

「兄貴は満足だろうさ。自分のデザインが、親父に認められたんだから」

空になった龍酒の瓶を掲げる。これをデザインしたのは兄貴だ。兄貴は子どものころから絵がうまく、中学、高校と美術部でいくつか賞をもらっていた。しかし所詮（しょせん）はアマチュア。プロとなった俺から見ればたいしたことないと思っていた――五年前までは。

〈今度、龍酒をリニューアルするんだけど、予算を浮かすために俺が瓶をデザインすることになった。相談に乗ってくれないか。お前も昔は、うちの酒瓶をデザインしたことがあるんだし〉。兄貴がそう電話してからメールで送ってきたデザイン案は、独創的でありながら日本酒らしさも備えていて、プロのデザインと遜色がなかった。一つか二つ、直してもしなくてもいいような指摘をするくらいしかできなかった。

できあがった龍酒の瓶を、親父はいたく気に入っていたらしい。祭壇に飾りたくなる気持ちもわかる。だからといって。

自然、「適当な瓶」の方に目がいく。

「別に認められたわけじゃない。たまたま親父の好みだっただけさ」

まんざらでもなさそうな笑みを浮かべる兄貴は、今度は俺の心情を察することができなかった。ということは、この遺言に関してはどうやら……。

「親父はお前のことだって、本当は認めてたんだと思うよ。すなおじゃないから、最後の最後まで『あいつにはデザイナーの才能なんてない』と言い張ってたけど」

「本当にそう思っていたんだろう」

いくら評価され、賞を受賞しても。独立して、事務所を立ち上げても。東京にいくつも店舗を持つ有名な花屋のロゴデザインを手がけても。

親父がほめてくれることは、なかった。

親父にとって俺は、最後まで仕事を任せられない能なしだったということだ。

「そんなことない。お前に喪主を任せたのが、内心では認めていた証拠じゃないか」

「本気で言ってるのか」

「もちろん」

歯切れのよい返事とは裏腹に、兄貴は俺から目を逸らした。

――本当に変わってないな。

「俺は出来の悪い弟子だから、不安で喪主を任せられなかったんだろう。杉さんにいろいろ教えてもらってるけど、困らせてばかりだよ」

ぼやく兄貴から俺も目を逸らし、酒の入れ替えに集中した。

翌日の午後五時。俺はQ斎場にいた。白を基調とした、清潔感漂う建物だった。外には〈故久石米造葬儀式場〉と書かれた門標。驚いたことに手書きだ。毛筆の文字はそれなりに達筆ではあるが、パソコンを使った方が楽だし早いだろうに。

遺族控え室に入る。テーブルとソファが置かれた、貸し会議室のような部屋だった。餡子と向かい合って座り、手順を確認する。新実も一緒だったが、挨拶を交わしただけで後は黙っていた。昨日は新実が仕切り役だと思ったが、勘違いだったか。

喪主である俺は、通夜式の最後に遺族代表として挨拶し、その後、参列者を通夜振舞いに案内しなくてはならないらしい。たいして訊くこともなかったので、打ち合わせは一五分程度で終わった。通夜は七時からなので、中途半端に時間が空いている。

「どんな風に飾りつけをするのか、ホールを見せてもらってもいいですか」

仕事の参考になるかもしれないと思って訊ねると、餡子は「まだ準備が終わってませんが」と言いつつ承諾してくれた。

参列者を二〇〇人収容できる、大きなホールだった。中央の通路を挟み、左右に椅子が七脚ずつ、整然と並んでいる。その先には、遺影が飾られた祭壇。

遺影の親父は、俺の記憶にはない、「にこにこ」という効果音でもつけたくなるような笑顔だった。画像編集アプリでこういう顔にしたのか、俺が出ていってからこんな顔をするようになったのか。当惑で遺影から目を逸らせないでいると、餡子が言った。

「日本酒の大きな賞を取られたときの写真だそうです。米造さんに『遺影は任せる』と言われた賢一郎さんが選びました。笑顔の写真はこれしかなかったそうですが、米造さんは『賢一郎なら、こういう写真を見つけると思っていた』と喜んではりましたわ」

よく見つけたな、兄貴。

遺影の周りには、昨日苦労して中身を入れ替えた龍酒の瓶が八本並べられている。濁酒が入って白龍と化した瓶は雄々しく美しく、祭壇の雰囲気をより荘厳にしていた。

その手前では、黒いパンツスーツの上に着古したエプロンを纏った紫苑が、大柄な男に指示を出し花を並べさせていた。エプロンのポケットからは、鋏の柄が覗き見える。作業着のようなものなのだろう。

「それはもう少し右に……そうそう、そんな感じで。ありがとうね、高屋敷さん」

高屋敷と呼ばれた男は、サービス業にしてはやや長い髪をした、無愛想な男だった。紫苑に礼を言われても黙って頷いただけで、脚立から下りる。

高屋敷が並べていたのは、花弁が五つに分かれた紫色の花だった。

「あの花はなんです？」

「バーベナや。例の、賢一郎さんに言われて発注した花です。『大好きな花だから絶対に飾ってほしい』と故人さまがご希望やったそうで、開花時期はすぎとりますが、なんとか残っていたものを手配致しました」

あんな可憐な花が、親父の趣味のはずがない。それに「故人さまがご希望やったそう」という言い方からすると。

「そのことについて、餡子さんは父と直接話しましたか」

「賢一郎さんからしか聞いとりませんが、問題ございますやろか?」

「いや、別に」

そういうことか。兄貴が余計なことをしなければ、もっと葬儀費用が……。

首を横に振る。いまは、通夜と告別式を乗り切ることだけに集中するんだ。

餡子は参列者がたくさん来ると言っていたが、半信半疑だった。いくら職人として一流でも、人間としては三流だったのだ。ホールは終始閑散としていると思っていた。間違いだった。

「ご案内申し上げます。七時より開式致しますので、ご参列の方はホールにお入りください」

午後六時五五分。餡子がそう呼びかけるころには、席は七割方埋まっていた。自分の目を疑う。最前列に用意された遺族席に座っても、まだ親父の葬式だとは思えない。

「これより、久石米造さまのご葬儀を始めさせていただきます」

餡子がよく通る声で開式を宣言し、読経が始まった後も、続々と人が入ってくる。焼香だけ済ませて帰る人も来るだろうから、最終的な参列者はホールの収容人数である二〇〇人を優に超えるかもしれない。

この人たちは親父のために来てるんだ、と頭では理解しても、実感がまるで伴わない。

「喪主さま並びにご遺族の方、どうぞご焼香ください」

餡子に促されて席を立つ。読経が終わってから焼香に移るのが正式な手順だが、今回のように参列者が多い場合は読経中の焼香となるらしい。

坊さんの読経を耳にしながら、祭壇に向かって歩く。最初に焼香するのは、喪主である俺だ。前方には、俺の記憶にはない笑顔の親父が遺影の中にいるのみ。

俺が見つめても、親父は見つめ返してこない。そんな当たり前のことに気づいた途端に早足になり、急いで焼香を済ませた。自分の席に戻る途中、さりげなく参列者席に目を遣ると、喪服を着た人たちがずらりと座っていた。年配者の姿が目立つが、サラリーマンらしき中年や若い男女も意外なほど多い。これが餡子の言っていた「仕事上の関係者」というやつか。そう思って腰を下ろしている最中、その視線を感じた。

視線に込められた感情はわからない。俺にとって不愉快なものとしか言いようがない。

誰の視線かもわからない。ただ、北条葬儀社の連中のものではない。参列者だ。参列者の中にいる誰かが、俺の方に、とても嫌な目を向けている。

気のせいだと自分に言い聞かせた。でも、やはり視線を感じ続ける。

「本日は非常に多くの方にご参列いただいておりますので、ご焼香は一回でお願い致します」

焼香する参列者に餡子が声をかけている間も。

「多数の方にご参列いただき、父も喜んでいると思います」

俺が遺族代表として挨拶を述べている間も。

嫌な視線は、ずっと消えなかった。


通夜振る舞いは賑やかだった。参列者の多くが、通夜式の後、そのまま足を運んだのだ。大皿に盛った料理も、久石酒造の日本酒も、餡子に言われて用意したビールやお茶も、ものすごい勢いでなくなっていく。

兄貴や杉さんは、参列者に挨拶して回っている。俺はそれを、壁に寄りかかってぼんやり眺めていた。喪主の俺もつき合うべきなのだろうが、知らない顔ばかりなのだから仕方がない。それに、身も心も疲れ切っていた。喪主という役割に思いのほか緊張したことに加えて、嫌な視線にも神経をすり減らされた。いまも誰かに、その視線を向けられている気がしてならない。

「やあやあ、雄二郎くん」

俺とは較べ物にならないほど腹がたるんだ男が近づいてきた。髪も髭も白い、初老の男だ。酒が回っていることを主張するように、顔が赤黒い。

「私のことを覚えているかな？　平洋酒造の高橋だよ」

「もちろん覚えていますよ」

嘘だった。名前を言われて思い出したのだ。たしか、県の酒造組合の会長だったはず。

「家を出てデザイナーになったんだって？　すごいなあ。偉くなったなあ」

「ありがとうございます」

「それにしても、雄二郎くんが喪主とはねえ。米さんは君のことを口にするのも避けていたのに。世の中、なにがあるかわからんもんだねえ」

　高橋がそう言ってからようやく、どうやら嫌味を言われているらしいと気づいた。

「私は、父の遺言に従ってるだけですから」

「そうらしいね。君に喪主を任せたということは、米さんは本当は仲直りしたがってたということじゃないのか」

　兄貴と同じ推測だ。しかし高橋は、酒くさい息を撒き散らして続けた。

「米さんの本心に気づいてやれなかったなんて、恥ずかしいとは思わないのか。だとしたら、相当な親不孝者だぞ」

　なんだ、こいつは。なんの資格があって、こんなことを言っている？

「私は酒をつくってきただけの人間だ。だから詳しいことはわからんが、デザイナーというのは人の心に響くものをつくることが仕事なんだろう？　なのに一番身近にいる父親の本心に気づかないなんて、そんなことでデザイナーが務まるのかい？」

　詳しいことがわからないなら余計な口出しをしないでほしい。それに、そんな目で俺を見るな。目尻をつり上げた、そんな嫌な目で……ああ、そうか。

　高橋の目を見つめる。さっきから感じていた視線の主は、あんただったのか。

「ちゃんと米さんに謝ったのか。もちろん、賢一郎くんにもだよ。君が出ていった後も米さんの傍にいたんだから、自分が喪主をやりたかっただろうに」

「ええ、まあ……」

感情を表に出さないようにしながら、兄貴に助けてほしくて会場を見回す。その瞬間、背筋が凍りついた。

方々（ほうぼう）だ。嫌な視線が、俺に向けて方々から放たれている。

――なるほど。

嫌な視線の主は、一人ではなかった。ここにいる人たちの多くは、俺を希代の親不孝者と見なしているわけだ。親父と喧嘩別れして出ていったのに喪主をしている、この俺を。自分の意志で喪主をやっているわけではないのに。もう、我慢できなかった。

通夜振る舞いの最中だが構わず、兄貴を斎場の外に連れ出した。いつ雪が降り出してもおかしくないほど寒かったが、俺の感情は少しも冷めない。

「どうしたんだ、雄二郎。みなさん、まだお帰りじゃない――」

「茶番は終わりにしよう」

遮（さえぎ）って言うと、兄貴は戸惑った顔をした。

「茶番？」

「とぼけなくてもいい。俺を喪主にしたのは親父の遺言じゃない。兄貴の独断だろう」

「なにを言ってるんだ？」

「最初からわかってたんだよ。親父が、俺に喪主を任せるはずがないってことは」

――お前みたいな能なしに仕事を任せる奴なんていねえ。

最後に吐き捨てられた言葉が、頭の中に鳴り響く。

「そもそも『俺を喪主にする』という遺言は、兄貴以外は誰も聞いてないんだからな」

「たまたまだ。親父は本当に、お前を喪主にするように遺言したんだ」

兄貴が目を逸らしたせいで、俺の語調は荒くなる。

「いいや、嘘だね。兄貴の、その態度を見ればわかるよ」

昔から嘘をついているときの兄貴は、俺と決して目を合わせようとしないのだ。

お袋を見舞った帰り道でも、そうだった。

――ママはちゃんと帰ってくるよね？

――もちろんだよ。来週には退院できるんじゃないかな。

そう答える兄貴は、茜色に染まった空を見上げていた。

お袋はそれから、四日しかもたなかった。

兄貴は、お袋がもう助からないと気づいていたんじゃないか。でも俺のために嘘をついて、それがばれるのがこわくて空を見上げていたんじゃないか。子ども心に、ちらりとそう疑った。

その後も似たようなことが度々あって、疑いは確信へと変わった。

十数年ぶりに会っても、そこはまったく変わっていなかった。

親父が寝かされていた仏間で話したときもそうだ。「喪主は雄二郎、お前だよ」と言い切っておきながら、兄貴は視線を親父に向け、俺の方は見ようともしなかった。龍酒と濁酒の中身を入れ替えているときだって、喪主の話になると目を逸らした。

早口でそのことを指摘してやると、兄貴は視線を逸らしたまま顔を強張らせた。

「喪主に指名されたことにすれば、俺は『実は親父に信頼されていた』と思い込んで、わだかまりが消える。兄貴の狙いはそれだ。

祭壇にバーベナを飾るよう葬儀屋に頼んだのも、親父じゃなくて兄貴だろ。龍酒だけじゃさみしいと思って手配したんだろうが、失敗だったな。親父に、あんなかわいい花を愛でる趣味があるはずない。本当の遺言は、葬式をあげることと、中身を入れ替えて、兄貴がデザインした龍酒の瓶を祭壇に飾ることだけだろう」

瓶の話をしているときの兄貴は、まんざらでもなさそうな顔をしてたもんな、と心の中でつけ加える。

「自分が喪主になるのをやめてまで、俺のために気を遣ってくれたことはありがたいよ。だから嘘につき合うことにしたけど、もう無理だ。参列者たちは、なにも知らないくせに俺を親不孝者と責めて、兄貴に同情している。俺たち兄弟にとって、いいことは一つもない。もう終わりにしよう。告別式では、兄貴が喪主をやってくれ」

せっかく考えた嘘が、俺に最初から見抜かれていたのだ。相当なショックに違いない。

兄貴が返事をするまで、いつまでも待つつもりだった。

「……雄二郎」

しかし思いのほか早く、兄貴は口を開いて——。

3

兄貴を残し、一人で斎場に入る。通夜振る舞いの席には戻りたくなかった。どこを目指すわけでもなく、ただ闇雲に場内を歩き回る。

「雄二郎さん？」

気がつけば、目の前に北条紫苑がいた。後ろには、高屋敷と新実の姿もある。こうして並ぶと新実と高屋敷が長身だけに、紫苑が一際小さく見えた。

三人の手には、祭壇に飾られていたバーベナの鉢がある。

「その花、片づけてしまうんですか」

「ええ。故人さまが、通夜では紫の、告別式では白のバーベナをご希望でしたから。明日の朝、新しいバーベナを飾らせていただきます」

故人さまがご希望、か。親父の趣味ではないから兄貴の差し金だと思っていたが、本当に親父の希望だったんだろう。俺が知らなかっただけで、親父の趣味は変わっていたのかもしれない。

「雄二郎さん？　どうかなさいました？」

ぼんやりしてしまったらしく、紫苑が心配そうに俺を見上げてくる。

「ちょっと気分転換を……」

つたなすぎる言い訳をしていると、新実が言った。

「雄二郎さんは喪主なんです。早く通夜振る舞いの席に戻られた方がよろしいです」

そうですね、と囁くように応じると、新実は満足そうに頷いた。そこに餡子が、どこからともなくふらりと現れる。

「もしかして、香典返しのことですか？　参列者が予想以上に来はりましたから、数が足りるか不安ですわな。わかりました。なるべく安い料金で追加できる方法を考えましょ。社長、ちょっと雄二郎さんと打ち合わせしてきてよろしいやろか？」

途中までは一方的に俺に、最後の一言はうかがうように紫苑に、餡子は言った。

「構いませんけど、雄二郎さんはお疲れの様子。なるべく手短に済ませてくださいね」

「もちろんや。ほな、行きましょか」

香典返しのことなんて一言も言ってないのに、また金を取るつもりか。とはいえ、通夜振る舞いに戻らずに済む口実ができたことはありがたい。

餡子の背中に導かれ、遺族控え室に入る。ほんの数時間前に打ち合わせをした部屋は、先ほどとはなにもかもが違って見えた。あのときはこの葬式の裏にあるものを、見抜いているつもりでいたのに。ソファに力なく座り込む。餡子は、俺の向かいに腰を下ろしてから言った。

「本当にお疲れの様子ですな。大丈夫ですか？」

「喪主って、通夜と告別式で交代することはできますよね？」

質問を無視して質問をぶつける。餡子は怪訝そうにしつつも頷いた。

「あくまで儀礼的な役割ですから。世間体もあるのでお勧めはせえへんが、関係者の合意があれば可能ですわ」

「そうじゃない。合意がなくても、例えば喪主が通夜の後に病気で倒れたり、事故に遭ったり、急死したりしたら、告別式の喪主は替えられるのかを聞いてるんです」

「あまり例はありませんが、ほなら合意がなくても、やむをえませんわな」

よし。いまから病気は無理だから、事故か。車の前に飛び出す……のは急死になりかねないので、階段から落ちるか、どこかに頭をぶつけるか……。

「ただし」と、餡子がつけ加える。

「関係者間の合意がない喪主の交代は、こちらも急な対応をしなくてはなりまへんから、追加料金をいただく仕来りとなっております。金額は、ざっと三〇万ってとこやな」

そんなに払うのか。だったら事故に遭うわけにも……。

「冗談や、冗談。そないびびらんでや」

「……言っていい冗談と悪い冗談があるでしょう」

「せやけど、ウチが『問題なく交代できます』と言うたら、雄二郎さんは自分で事故に遭おうとしとったでしょ？　階段から落ちるとか、どこかに頭をぶつけるとかして」

「あんたはエスパーか」

「え？　ほんまにそんなこと考えておられました？」

細い目を真ん丸にする餡子に、気勢を削がれてしまった。苦笑いを浮かべて頷く。

「ええ、考えてました」

「いやあ、自分でもびっくりや。でも、なんだって急に？　なにかありました？」

「間違っていたんですよ、私は。最初から、ずっとね」

＊

「親父に『どうしても雄二郎が信じなかったら見せろ』と言われていたんだ。こんな姿、できればお前に見られたくなかっただろうけどな」

兄貴は胸ポケットから取り出したスマホを人差し指で操作してから、俺に差し出してきた。意味がわからないまま受け取ると、ディスプレイに知らない初老の男が映っていた。ベッドで半身を起こし、やせこけているが鋭い眼光でこちらを睨んでいる。これは誰だ、と兄貴に訊ねる寸前、男はかすれた声で言った。

〈私、久石米造は、それほど長くはない〉

スマホを目に近づける。

親父だった。頬がくぼみ、肌に艶がなくなっていることがディスプレイ越しにもわかるが、間違いない。

〈もうしばらくは生きるつもりだが、いつなにがあるかわからん。だからここに言い残す。万が一のときは、盛大に葬式をあげてもらいたい。喪主は久石雄二郎に任せる。長男の賢一郎ではない、次男の雄二郎だ。わかったな。雄二郎、お前だからな〉

たたきつけるように言った後、親父は激しく咳き込んだ。画面の外から、兄貴の声が聞こえてくる。

〈親父、あんまり無理しないでくれ〉

〈無理など……してない……遺言を、残した……だけ、だ〉

〈遺言なんてまだ早いだろう〉

動画は、そこで終わった。

「撮影したのは一ヵ月ほど前だ。わざわざ録画させるなんて、医者は『まだ大丈夫』と言ってたけど、本人の中では予感があったのかもしれないな。さて、これで『父さんと仲直りさせるために、兄貴が嘘をついて俺を喪主にした』というお前の考えが的はずれであることがわかってもらえたと思う」

兄貴の声は、途中から震えを帯びていた。

「お前が出ていってから、俺はずっと親父に尽くしてきた。不満はたくさんあったけど、俺まで喧嘩別れするわけにはいかない。家族なんだからな。杉さんもほかの蔵人たちも俺の扱いに困っているけど、俺なりに酒づくりの醍醐味がやっとわかってきた。久石酒造を継ぐ決意も固めた。なのに、なんでずっといなかったお前が喪主なんだよ？」

　ディスプレイに吸い寄せられていた目を、おそるおそる向ける。

　声だけではない、兄貴の身体もまた、震えていた。

「参列者にまで同情されて、いい恥さらしだ。そんな俺の気も知らないで、喪主を譲ろうというのか？　ふざけるな。喪主は最後までお前だ。親父の遺言に従え」

　兄貴の震えが大きくなる。

「親父は結局、俺よりもお前が気にかかってたんだ。お前のことを悪く言い続けたのは、本心を悟られたくなかったからだろう。本当にすなおじゃないよな。でも、最後の最後で親心がわかってよかったじゃないか」

　兄貴が俺と目を合わせようとしなかったのは、嘘をついていたからではない。「なぜ俺が喪主じゃない？」という疑問と不満を、気取られないようにするためだったんだ。

＊

「兄のためを思って騙されたふりをしていたら、本当に父の遺言だったんです」

「それで驚いたというわけですか。ただ、それならそれで問題ないでしょう。故人さまのご意思に沿って、立派に喪主を務めあげればいいやないですか」

「無理ですよ。参列者に責められるだけならまだしも、兄の恨みまで買ってるんですよ。父がなにを考えていたのかわからない」

「賢一郎さんの言うとおり、雄二郎さんと仲直りしたかったんやないですか」

「それなら、瓶の遺言を残すはずないんです」

親父は、龍酒と「適当な瓶」の中身を入れ替えるように遺言した。

その「適当な瓶」は、昔、俺がデザインしたもの——もっと言えば、俺の初めてのデザインなのだ。あれを見た親父は「よくできている」と言って、試作品として何本かつくってくれた。なのに、その中に売り物にならなかった濁酒を詰め、地下室に放置していた。しかも、龍酒を詰めた後でほしい奴に安値で譲れと言い残した。一方で、兄貴がデザインした龍酒の瓶は濁酒を入れて白龍とし、祭壇に飾ることを望んだ。

昔のデザインとはいえ、プロにとってはこの上ない屈辱だ——餡子にそう説明すると、自然とため息が漏れ出た。

「わかったでしょう？　父は心の底から、私が嫌いだったんですよ」

「雄二郎さんのデザインであることを、うっかり忘れとっただけかもしれませんで」

「それはそれで辛いですよ」

あのデザインを親父がほめてくれたことがきっかけで、俺はデザイナーの道に進みたいと思ったのだから。

「私のことが嫌いでも仕事ができると思って喪主を任せたわけでもないですしね。父は私の能力を、まったく認めていなかった。悔しいけど、父の認識は正しかったんです」

「ご謙遜(けんそん)を。デザイナーとして、ちゃんと成功してはるやないですか」

「成功なんてしていない。事務所は再起不能の、一歩……いや、半歩手前です」

決して才能がなかったとは思わない。しかしデザイン業界で生き残るためには、単なる才能ではない、「圧倒的な才能」が必要だった。

それに気づいたのは、仕事が激減してからだった。

「都内にいくつも店舗を持つ花屋のロゴデザインを手がけたこともありましたが、評判が悪くて、すぐ違うものに差し替えられました。最近はろくに依頼がなくて、事務所のサイトもＳＮＳも更新できない。残ったのは、簡単には返せない額の借金だけです」

頭を下げて実家に戻り、親父のもとで働くことを考えなかったわけではない。デザイナーとして通用しないことがわかった俺には、もう日本酒づくりしかない。でも、どうしてもプライドが許さなかった。

「それもあって喪主を引き受けたんですよ。できるだけ質素な式にすれば、その分、託された葬儀費用が手許に残る。借金の返済に充てられる」

「だから最初は小さな式で済まそうとしはったんですか」

「そうです。罰当たりでしょう」

「ええ、ほんまに」

「否定してくださいよ」

真顔で頷く餡子に、しかし悪い気はしなかった。知らず、笑いが込み上げてくる。

「でも目当てだった葬儀費用すらも、いろいろと嵩んで、たいした額が残りそうにありません。香典は思っていたよりずっともらえそうですが、酒蔵の経営に使えと遺言されている。この葬式で私は、なにも得るものがなかった」

人間、笑うと涙腺が緩(ゆる)むらしい。視界が滲んでしまって、咄嗟に顔を伏せた。

「こんな葬式、するべきじゃなかった。いまからでもキャンセルしたいくらいです」

「キャンセル料を払ってくださるなら、当社としてはそれでもまったく構いまへんで」

また金の話か。俺があきれていると、餡子は「よいしょ」と言いながら立ち上がった。

「まあ、現実問題として、いまから中止しようとしても周りがお許しにならんでしょ。せやから雄二郎さんがどうしても喪主ができないというなら、明日、賢一郎さんと話し合うしかあらへん。一晩考えてどうしても無理なら、早めに連絡をください。ああ、それから、告別式は日中にやるんで、通夜より参列者が少ないことが多いんですわ。ましてや、明日は平日ですしね。香典返しは追加しなくても問題ないと思います」

「香典返しのことは、あなたが言い出したんでしょうが」

「ちなみに」

俺の抗議を無視して、餡子は続ける。

「古代ギリシャの哲学者アリストテレスは、こんな格言を残しとります。『葬式においては、故人の希望に無意味なものは一つたりともない』。ウチもそう思いますわ」

「アリストテレスが、そんなことを？」

俺が顔を上げ切る前に、餡子は遺族控え室から出ていった。

餡子が去った後も、俺は一人で部屋に残った。誰もさがしにこなかった。通夜振る舞いが終わったらしく、兄貴や杉さんが参列者を見送る声が、ドア越しに聞こえてくる。

一晩考えるまでもなく、喪主を降りるつもりでいた。

アリストテレスは間違っている。「俺を喪主にする」という親父の希望には、まったく意味がない。せいぜい、俺への嫌がらせとしか……。

嫌がらせ？

喪主をやって、俺はどうなった？　参列者から責められ、兄貴とは気まずくなった。こうなることが親父の目的だったとしたら？　俺のことを、ずっと許せなくて——。

「ありえないか」

否定の言葉がこぼれ出た。いくら親父でも、そんなことのために自分の葬式はしないだろう……と思いたい。それに嫌がらせなら、俺を喪主に指名しつつ、葬儀費用の管理は兄貴に——。

葬儀費用？

その単語を糸口に、なにかが見えた気がした。

俺が兄貴を差し置いて喪主になることにしたのは、三〇〇万円に目がくらんだからだ。誰にとっても少ない金額ではないが、失敗したデザイナーにとってはなおさらだ。

それが、親父にわかっていたとしたら。

Q市に戻ってからいまに至るまでのことを、逐一思い返す。それらをパズルのピースのように、一つ一つ確認していく。その末に組み上がった推理は完璧だった。

親父が俺を喪主にした理由は、これだ。

遺族控え室を飛び出し、通夜式が行われたホールに向かう。線香の火を一晩消さないよう、兄貴たちが夜伽しているはずだ。

ホールは、大勢の参列者が入れ代わり立ち代わりしていた反動で、おそろしく閑散として見えた。兄貴と杉さん、それからおそらくは久石酒造の蔵人三人が、祭壇の近くに集まっている。兄貴以外の四人は椅子に座り、小声でなにやら言葉を交わしていた。

兄貴だけは棺を覗き込んでいる。ほかの四人が俺を振り返っても、微動だにしない。

「親父と二人だけにさせてほしい」

切り出すと、杉さんたちはそろって怪訝な顔をした。それでも、兄貴は動かない。

「頼むよ、兄貴。少しだけ、俺と親父を二人だけにしてくれ」

傍まで行って肩に手を置くと、兄貴は俺の方は一瞥（いちべつ）もせず、足を引きずるようにしてホールから出ていった。俺が頭を下げると、杉さんたちは釈然としない顔をしながらも兄貴に続いた。ホールのドアが閉じられる。

こうして俺は、高校を卒業してから初めて、親父と二人きりになった。

遺影を見ることも、棺を覗き込むこともできないまま、祭壇の前に立つ。

「どうして俺を喪主に指名したのか？　その答えがやっとわかったよ」

返事がないとわかっていても語りかける。

「きっかけは葬儀費用——金だった。あんたは俺の才能をまったく認めていなかった。俺に仕事を任せる奴なんていない、とまで言い放った。まさにそうなっていることを、あんたは知っていたんだろう。だから金で釣ったんだ。葬儀費用を全額託すと言われれば、金に困っている俺が喜んで喪主を受けると踏んだ」

事務所のサイトやSNSをチェックすれば、俺に仕事が来てないことは簡単にわかる。

「喪主を受けた俺は、葬儀屋と打ち合わせした後、遺言で龍酒と『適当な瓶』の中身を入れ替えさせられた。あれは、祭壇を飾ることだけが目的じゃない。俺への警告だったんだ。素人の兄貴と較べても、お前の才能は劣る。そう伝えたかったんだよな」

「『適当な瓶』に入れ替えた龍酒は、ほしい奴に安値で譲れ。思えばこれも、俺に才能のなさを思い知らせるためだった。

「参列者の数もヒントになった。大きな葬式をあげさせたのは、自分が大勢の人に慕われていたことを俺に見せつけるためなんだろう」

親父の性格が悪かったことは間違いない。しかし、葬式には大勢の人が参列した。人間としてはともかく、職人としては尊敬されていた証だ。仕事で結果を残せば、こんなにも多くの人にかなしんでもらえる。親父は仕事で結果を残すことができないでいる俺に、それを伝えようとした。つまり、俺を喪主に指名した理由は。

「デザイナーはあきらめて、生き方を考え直すべき。俺にそう伝えようとしたんだろう。

兄貴の言ったとおりだった。あんたは俺のことを、ずっと気にかけてくれていたんだな。わかったよ、親父の親心……ありがとう……本当に、ありがとう」

一歩一歩、踏みしめるようにして棺へと近づく。

「――なんて言うと思ったら大間違いだ！」

意識することなく、声が大きくなった。

「俺が感謝するとでも思ったか？　デザインのことなんて、なにも知らないくせに。しかもあんたは、ずっと尽くしてきた兄貴の気持ちを蔑ろにしたんだ。勝手にもほどがある。こんな葬式やってられるか！」

最後の一言とともに棺を見下ろした。親父の死に顔を正視するのは、これが初めてだ。まるで眠っているようだった。顔色だって悪くないが、それは薄く化粧を施されているから。死化粧というやつか。

親父はこの表情のまま、もうぴくりとも動かないんだ。

死化粧を目の当たりにして、いまさらそのことに気づかされた。咄嗟に顔を上げる。

「にこにこ」という効果音をつけたくなるような遺影が、視界に飛び込んでくる。

4

翌日。告別式は終盤を迎え、遺族代表による挨拶の段となった。

「本日はお忙しい中、父、久石米造の葬儀にご参列いただき、心より御礼申し上げます。

息子の私が申すのもなんですが、父は決して善人ではありませんでした。先に鬼籍に入りました母はもちろんのこと、私たち兄弟並びに久石酒造の職人たちも、随分と振り回されたものです。みなさまの中にも、不快な思いをさせられた方がいらっしゃることと思います。故人に代わってお詫びします。

一方で、人格者とは言い難かった父の葬儀に、このように多くの方にご参列いただきましたことは、非常にうれしく、誇らしく思います。生前、父が追い求めた日本酒づくりの道は間違いではなかった。昨日の通夜と本日の告別式を通して、私はそれをみなさまに教えていただきました。

ご存じの方も多いと思いますが、私は父と喧嘩して家を飛び出しました。最後に父と言葉を交わしたのは、もう一〇年以上前です。そのときに暴言を浴びたこともあって、率直に申せば父にわだかまりを持っておりました。しかし父の生きざまを目の当たりにして、それを捨てました。ようやくではありますが、父を尊敬できるようになったのです。また、私は子どものころから味覚に自信があり、父と日本酒談義に花を咲かせました。父もこのことを覚えていて、私の今後に期待し、喪主に指名したのだと思います。

その意向に従います。

実家に戻り、久石酒造の後継者となるべく、修業に励む所存です。

既に蔵人たちと話はつけております。三十路になってからまったく新しい道に進むわけですから、生半可な覚悟ではものにならないでしょう。ですが父の背中に少しでも近づくべく、精進致します。みなさまには、よろしくご指導いただければ幸いです。

本日は、誠にありがとうございました」

ざわめく参列者に向かって、俺は深々と一礼した。


告別式が終わった後、斎場に併設された火葬場に親父を連れていった。火葬が終わるまでの間は、精進落とし。式によって若干趣旨は異なるが、関係者で集まって食事をしながら故人を偲ぶ宴席らしい。数日前の俺には信じられないことに、杉さんたちと親父の思い出を語らう一時は心が安らいだ。

火葬が終わったらお骨上げ。すべてはつつがなく終わった。

帰宅して仏間に入る。餡子が準備してくれた後飾りと呼ばれる小さな祭壇に置いた位牌と骨壺、それから遺影に、そっと手を合わせる。

嵐のような三日間だった。東京に飛び出してから初めてQ市に戻って、喪主に指名されて、参列者に責められて、兄貴と気まずくなって。

でも、すべてを悟ってからは早かった。

兄貴は告別式の間も、火葬執行のときも、精進落としの最中も、俺と一言も言葉を交わさなかった。お骨上げが終わるなり、どこかに行ってしまった。杉さんは心配そうにしていたが、俺に言わせれば計画どおりだ。

「お疲れさまでした」

　餡子と新実が仏間に入ってくる。

「これで葬儀は終わりとなります。後日、請求書を送らせていただきますが、なにかご質問はありますやろか」

「告別式の香典返しについて訊かせてください」

「なにか不備が？」

「いえ。通夜式の後、餡子さんは、香典返しについて打ち合わせしたいと言いましたよね。あれは私を控え室に連れていき、落ち着かせるための口実だったんですよね」

　あのときは考えもしなかったが、いまはそうだったと確信している。

「……そいつは勘違いや。ウチはほんまに香典返しが足りるか心配だったんです。でも、途中で杞憂(きゆう)だと気づいたんですわ」

「そういうことにしておきましょうか。それからアリストテレスの格言、とても役に立ちました」

「はあ、そうですか。そらよかった」

「最初の打ち合わせに三時間以上かかったのも、当然と言えば当然ですよね。葬式は、数日で大金が消える儀式なんですから。懇切丁寧に説明すれば、それくらいの時間はかかる。私たちは、いい葬儀屋さんに担当してもらったと思ってます」

「そりゃ、まあ……ボタンの掛け違いがあったら、後から揉める原因になるさかい、葬儀屋にはアカウンタビリティーちゅうもんがあるわけでして……」

見かけによらず照れ屋らしい。頰を赤らめ、似合わないカタカナ語を口にする餡子の傍らで、新実は薄くため息をついていた。

＊

俺を喪主にしたのは、自己満足の親心。そう結論づけていたが、昨夜、親父の遺影を改めて見たとき、違うかもしれないと思った。

親父は遺影をどうするか兄貴に任せ、兄貴が選んできた写真を見て「賢一郎なら、こういう写真を見つけると思っていた」と言ったという。そこまで信頼していた兄貴を蔑ろにするだろうか？

では、なぜ俺を喪主にした？　俺のためだけに葬式をするだろうか？　嫌がらせでも説教でもないとすると……ヒントはないのか……引っかかるもの……アリストテレスの格言「葬式においては、故人の希望に無意味なものは一つたりともない」……。

――バーベナ。

親父に似合わない可憐な花だが、祭壇に飾ることを希望したのは親父本人だという。しかも、通夜と告別式でわざわざ色違いのものを用意させた。これだけ強調しているのだから、なにか意味があるのではないか。

花屋のロゴデザインを手がけたときに調べた、花に関する知識を総動員する。バーベナ……クマツヅラ科……種類は二〇〇以上……花言葉は「家族愛」。

息を吞んだ。この葬式の裏に、親父なりの家族愛がある？　仮にそうなら俺だけじゃない、兄貴のことも考えているはず。だとしたら……。

俺がデザイナーを志したのは、美術部だった兄貴の影響だ。でも兄貴の方も、実はデザイナーになりたかったのではないか。俺が家を飛び出してしまったから、やむなく蔵人になったのではないか。五年前、瓶のデザイン案がプロ顔負けだったのは、密かにデザインの勉強を続けているからではないか。

そんな兄貴を解放してやり、苦境にある俺を呼び戻すことが、親父の「家族愛」。死期が迫った親父は、それを自分の最後の仕事と考えた――。

この仮説に従えば、龍酒と「適当な瓶」の中身の入れ替えに込められたものも見えてくる。あれは、兄貴と俺の立場を入れ替えろという暗示。「賢一郎がデザイナーに、雄二郎が蔵人になれ」というメッセージ。

龍酒の瓶を見て、兄貴には俺の何倍もの圧倒的な才能があることを、改めて思い知らされた。なのに兄貴は、酒づくりの道に入った。杉さんたちが扱いに困っているというから、あまり適性はないのだろう。

一方で俺は、鋭敏な味覚と日本酒への興味を持ちながら、親父への意地だけでデザイナーにしがみついている。歪(ゆが)んだ状態だ。これを正せば、確かに兄貴は解放される。そのために仕組まれたのが、この葬式。

だけど、こんな回りくどい方法をとることはないだろう。それに兄貴は、親父に蔑ろにされたと思い込んでいるんだぞ。遺言にでも残せばよかった――いや。

「残したところで無駄だよな」

自嘲交じりの呟き（つぶや）が漏れ出た。

俺は親父に「一緒に日本酒をつくらないか」と頭を下げられたときですら、すなおに受け入れることができなかったのだ。蔵人になれと遺言されたところで、反発するのは目に見えている。

兄貴は兄貴で、俺や親父に遠慮する。二言目には「家族なんだから」と口にする男なのだ。気を遣われていると誤解して、適性のない日本酒づくりを続けることになる。

でも俺が「親父の意図を見抜く」という仕事を託された、この葬式なら。俺は親父の思いをすなおに受け入れ、兄貴を解放してやることができる。

――お前みたいな能なしに仕事を任せる奴なんていねえ。

それが親父にかけられた最後の言葉だから、必ず。

もう少しわかりやすいヒントをちりばめるつもりだったのかもしれない。でも、その前に容体が急変してしまった……。

本当のところはわからない。俺が深読みしているだけで、やっぱり単なる嫌がらせだったのかもしれない。それでも俺はホールを出ると、餡子に電話をかけて告げた。

「明日の告別式も私が喪主をやらせてもらいます」と。

＊

久石酒造で働く覚悟はできている。告別式で挨拶したとおり、生半可な覚悟ではものにならないだろう。「家を出ていたくせに」と白い目で見られもするだろう。ほかにも、さまざまな苦労が待ち受けているに違いない。

それでも、耐えられる。

一個人としては嫌われていたのに、蔵元杜氏として多くの人に尊敬され、見送られた久石米造。あの人のようになりたいと念じれば、必ず。

最終的な請求額がいくらになるかわからないが、余った葬儀費用は貯金に回すつもりだった。使い道はいつの日か、兄貴と話し合って決めよう。借金の方は、これからは杉さんにしごかれて金を使う暇もないだろうから、少しずつ返済していけるだろう。

「ちょっといいか」

その一言の後、襖が開かれ兄貴が入ってきた。

「喪主、ご苦労だったな。最後の挨拶は『勝手だ』とあきれている人もいたけど、『立派だった』と感心している人の方が圧倒的に多かったよ。高橋さんなんかは『通夜振る舞いのときにひどいことを言ってしまった』と恐縮していたらしい」

後ろ手に襖が閉じられる。

「俺の方は、いい面の皮だけどな。尽くしてきた親父に喪主をはずされた上に、急に次男が後を継ぐと言い出したんだ。杉さんも『不安はあるけど、楽しみでもあります』と言っていたよ。親父も内心では、お前を後継者にしたかったんだろう。だから喪主を任せたんだ。周りにもお前を後継者だと考えていることをアピールするためにな。俺のこの十数年はなんだったんだろう」

ここで慰（なぐさ）めの言葉をかけてはならない。

「無駄だったとしか言いようがないな。これから俺は蔵人として、あっという間に兄貴を追い抜くよ」

「そうなるだろうな。だからもう、出ていくよ。これからは好きに生きさせてもらう」

胸が締めつけられたが、これでいい。俺と親父は嫌われなくてはならない。そうでないと、兄貴が旅立てない。なのに。

「お前も親父も勝手すぎる。俺のことをなんだと思ってるんだ。いい加減にしろよ」

刺々（とげとげ）しい言葉を発する兄貴は顔を背（そむ）け、俺の目を見ようとしなかった。

兄貴らしいなと思いながら、心の中で親父に語りかける。

俺がたどり着いた「親父の意向」が正しいのかどうか、本当のところはやっぱりわからない。でも終わってみれば、俺にとっても兄貴にとっても悪くない葬式になった。

親父にとっても、悪くないだろう？

祖母の葬式

1

祖母が他界したのは、僕が一八歳のときだった。

厳しくもあり、強くもある人だった。両親を相次いで病気で亡くし、他人と話すことができないでいる幼い僕に「新実家(にいみけ)は、一昔前は名門だったの。直也はその血を引いてるんだから、いつまでも落ち込んでいたらだめだよ」と何度も繰り返した。自分だって息子夫婦――僕にとっての両親――を失って辛かっただろうに、涙一つ見せずに。

おかげで僕は、前に進むことができた。

その後も祖母は、人生の折々で僕を鼓舞してくれた。思い出したらきりがないけれど、鮮明に覚えていることが一つある。

僕が第一志望である県下一の名門高校に落ちて、でも地元では有名な進学校に合格し、そのことをどうとらえていいかわからないでいたときのことだ。祖母は「高校受験の結果がよかったかどうかは、これからの三年間次第だよ」と言った。

おかげで迷いが消えて、勉強に打ち込むことができた。

祖母は僕を育てるために、コンビニとパン工場の仕事を掛け持ちしていた。毎日疲れ切っていたはずなのに、朝と晩の食事を必ずつくってくれた。僕は毎食、それを残さず食べた。僕が高校に入ってからは、食卓に「食べれば頭がよくなる」という触れ込みの料理が並ぶようにもなった。

見た目がひどいときもあったけれど、おいしくなくはなかった。

でもその日の朝、祖母は寝室から出てこなかった。ドアをそっと開け、「大丈夫？」と声をかけると、布団を被ったままくぐもった声でなにか言って、猫を追い払うように右手を上下に振ってきた。僕は「昨日の夜は仕事で遅かったからね。たまにはゆっくり寝てなよ」とだけ言って学校に行った。

放課後は、友だちと学校の図書室で自習することにした。帰りが遅くなることを、祖母にＬＩＮＥで伝える。〈珍しい〉という返信が来ると思ったけれど、既読にすらならなかった。でも前の夜、祖母から「これがだめだったら、大学受験は失敗したも同然だよ。絶対にいい点を取りなさい」と言われた試験が近いこともあって、閉館時間ぎりぎりまで机に向かっていた。

その後、いつもより三時間ほど遅く家に帰ると、祖母は寝室で冷たくなっていた。脳梗塞だった。警察によると、午前中の時点でもう息を引き取っていたらしい。

それからは大変だった。警察が紹介してくれた葬儀屋が、親切な顔をしながら花環や飾りなどなにかと葬式のオプションを提案し、金を使わせようとしてきたからだ。「もう一八歳だから成人していますよ。親戚に相談しないで、自分の判断で契約していいんですよ」と恩着せがましく言われもした。そもそも、相談する親戚もいないのだけれど。

後で知ったところによると、警察官にマージンを払って遺族を斡旋してもらう葬儀屋がいるらしい。その警察官が異動すると一緒に事務所を移転するので、小判鮫にたとえられることもあるようだ。僕のところに来たのも、そういう葬儀屋だったのだろう。

祖母が残してくれたお金は、僕が大学に行けるぎりぎりの額だった。とても葬式に使う余裕はないので、直葬で済ますことにした。調べたら、いまどき直葬は珍しくない。それでも葬儀屋は「おばあさんががっかりしますよ」「ちゃんと弔うべきです」などとやけに神妙な顔をして食い下がってきたが、もう決めたことです、と押し切った。

直葬で送った後、部屋に飾った写真に手を合わせようとしたけれど、肩が震えてどうしてもできなかった。「あの朝、僕がもっとちゃんと様子を見ていれば」「おばあちゃん、ごめん」などという言葉が口からこぼれ落ちて嗚咽し、しばらく動けなかった。

そんなことが何度も続いた。そのうちに、おばあちゃんに安らかに眠ってほしいという気持ちが、少しずつ芽生えていった。

葬儀屋はああ言っていたけれど、直葬でも僕は心を込めて祖母を弔ったということだ。猛勉強して第一志望の大学に合格し、祖母に報いることもできた。

なのに、なぜだろう。心の中に、祖母が冷たくなっていることに気づかず外にいた後ろめたさとも、たった一人の身内を亡くしたかなしさとも、ちゃんとした葬式をあげることができなかった申し訳なさとも違う、違和感というか、わだかまりというか、「ざらり」とした言いようのない感覚があるのは。この感覚のせいで、時折、たまらなく不安になるのは——。

「新実くん？　ちゃんと聞いてる？」

紫苑社長の言葉で我に返った。僕は慌てて応じる。

「ええと……すみません。もう一度お願いします」

「新実くんは、もう少し自分の感情をコントロールできるようになった方がいい。せっかく落ち着いた見た目をしているのに、もったいない——と言ったの」

北条葬儀社は、小さいながらも自社ビルを持っている。ご遺体を安置することもあるので、葬儀屋は自社ビルがあった方がなにかと都合がいいのだ。一階が受付とホール。小規模の葬式なら、ここであげることもできる。二階が応接室で、三階が事務室。

僕がいまいるのは三階で、目の前には社長がティーカップを手に座っていた。

「新実くんに担当を任せるのは早すぎたね。ご遺族にあんな態度を取るなんて——ああ、そんなに落ち込まないで。新実くんはなにも悪くないから」

「いいえ、どう考えても僕の責任です」

「そんなことない。『どうしてもやらせてほしい』という熱意をなんの考えもなしに買った、わたしのミスだよ」

嫌味や皮肉ではなく心底申し訳なさそうに言うから、罪悪感でたまらなくなる。

社長が話しているのは、先ほど打ち合わせをしてきた蔵元杜氏の葬式のことだった。故人の遺言を無視して小さな葬式で済まそうとする喪主に、僕はつい声を張り上げてしまったのだ。

「ああいうときは、まず落ち着いていただくこと。餡子さんがいてくれたからよかったけど、あのままだと大変なことになってたよ。久石米造さんの式は、やっぱり餡子さんにお世話してもらう。新実くんは傍で見て、ちゃんと勉強するように」

「は、はい！」

社長は小柄で、話し方はいつもやわらかい。でも注意を受けると、なぜか自然と背筋が伸びてしまう。

反省したけれど、以降もこの葬式で僕は役に立たなかった。通夜式の後、喪主に、早く通夜振る舞いの席に戻った方がいいとアドバイスしたら、後で社長に笑顔で睨まれた。

「もう少しご遺族の気持ちに寄り添おうよ、新実くん」

よかれと思って言ったのに。葬儀屋は難しい。

紫苑社長は四年前、病死した父親の会社を継いだ。当時、大学を卒業したばかりの二三歳。小娘と侮られ、従業員は全員退社。開店休業が続いたが、スタッフを集めて会社を立て直し現在に至る。葬儀関連の本を買ってきては、使い古した感のあるすみれ色の万年筆でいろいろ書き込んでいるし、余裕があるときは他社の葬式まで手伝っている。

「わたしは、この仕事が好きだから」と平然としているが、その熱意には頭が下がる。

でも集めたスタッフは、ちょっとどうかと思う。

高屋敷英慈(えいじ)さんは、とにかく無愛想だ。こちらから話しかければ返事をくれるが、あちらから話しかけてくることはほとんどない。こんなことで遺族とやり取りできるのかと思っていたら、ほぼ裏方仕事に徹している。長めの髪はまるで鬘(かつら)のようだし、趣味は「水を眺めること」だというし、なんとも謎めいた人だ。

謎めいている上に怪しいのが、餡子邦路さんだ。

「あんこ」に「法事」。本人は「本名や」と言い張っているが信じられない。

葬儀屋の中には、会社に属さず、その都度、葬儀社に手伝いに呼ばれる者がいる。いわばフリーランスの葬儀屋で、かつて関西地方ではこうした人のことを「あんこ」と呼んでいたらしい。

餡子さんの「あんこ」は、ここから取っているのではないか。

実際、餡子さんは各地を転々としながら葬儀をしてきた、生粋のフリーランスだという。「先代には世話になったし、社長のことは子どものころから知っとるから助けんわけにはいかん」と最近はうちの仕事に専念しているが、立場は正社員ではなく、本人の希望で外部スタッフだ。

フリーの葬儀屋でやっていくには、葬式に関する確かな知識と技術が必要となる。司会を任されることも多いため、声も抜群によくなくてはならない。遺族との折衝や、宗教関係者——仏式の葬式の場合は寺院のお坊さんで、通称「お寺さん」——とのやり取りも担うので、コミュニケーション力も不可欠だ。

餡子さんは、これらの条件すべてを満たしている、凄腕の葬儀屋だ。社長は「わたしの部下になるのが嫌だから外部スタッフでいるのかな？」と首を捻っているが、本人はこの先もフリーでやっていく自信があるのだろう。

ただし、言動はあまりに胡散くさい。

妙な関西弁については「子どものころ、親の都合で転々と引っ越ししたせいや」と主張しているが、ご遺族の気持ちを少しでもほぐそうと、わざと訛っているとしか思えない。なにせ司会をしているときは、全国放送でニュースを読むアナウンサーのような正確無比なイントネーションになるのだから。

遺族の支払い能力を見極め、その範囲内で最大限の出費をさせるべく、あの手この手を用いたりもする。そんなことではクレーム必至だが、いつの間にか「実は誠意がある葬儀屋」と思い込ませて乗り切る。照れ屋のふりをするのは、その一環だ。

蔵元杜氏の葬式でも「『香典返しの打ち合わせを口実に遺族控え室に連れていって、気持ちを落ち着かせてくれたんでしょう？』と指摘され、照れる餡子さん」を見事に演じてみせた。いつものことなので、ため息をこらえられなかった。

「使える金があるのに節約しすぎた葬式は、終わってから後悔するもんなんや。これはご遺族のためなんや」だそうだが、守銭奴をごまかしているだけとしか思えない。

ただ、請求額が見積もり以上になっても、苦情を言ってきた遺族は一人もいない。それどころか全員が全員、「いい葬式だった」と、しきりに感謝の言葉を述べてくる。

そんな餡子さんの活躍（？）で、北条葬儀社の評判は上々。仕事も順調に増えている。

特に蔵元杜氏の葬式を終えてからは、急激に忙しくなった。

蚊帳（かや）の外だったので詳しいことはわからないけれど、あの葬式には、故人のある意図が隠されていた。それを察した餡子さんが巧みにヒントを与え、喪主をそれへと導いたのだという。

「そんな面倒なことをしないで、単刀直入に教えてあげればよかったじゃないですか」

と僕が言うと、餡子さんは「故人さまがどう思っとったか本当のところはわからんし、なにより、葬式はご遺族のもんやからな」と返してきた。

釈然としないが、あの葬式の喪主が「北条葬儀社はすばらしい」と宣伝して、評判が口コミで広まったことは確か。社長としては万々歳だろう。

とはいえ、ときには奇妙な依頼が舞い込んでくることもある。

その女性が北条葬儀社を訪れたのは、四月八日。麗らかな春の夕暮れのことだった。

「祖母を焼きたくないんです」

応接室のソファに腰を下ろすなり、福沢瑞穂（ふくざわみずほ）さんは切り出した。

葬儀業界には「生前相談」というものがある。自分や家族の葬式をどんな風にしたいか、あらかじめ葬儀屋に相談しておくことだ。相談内容はさまざまで、一度ですべてを決める人もいれば、蔵元杜氏のように、細かい点まで決めるため何度か顔を合わせる人もいる。

　福沢瑞穂さんは、そんな生前相談希望者の一人だった。小柄で、顔つきは一〇代に見えるものの、しゃべり方からはしっかり者の印象を受けた。生前相談の申込書によると、年齢は二四歳。この若さで一人で葬儀社に来るなんて、なかなかできることではない。

　そんな風に思っていたのに、飛び出した言葉が「祖母を焼きたくない」である。

　すぐには反応できない僕と違って、社長はいつものとおり冷静だった。

「それはつまり、ご遺体を火葬にはしたくない、ということでしょうか」

「そうです。火葬だけは絶対に嫌なんです。それを叶えていただけるなら、あとはお任せします」

　お任せされても……混乱する僕の横で、社長は「ご希望はわかりました」と頷いた。

「ですが現代の日本では、原則、火葬以外で故人さまを埋葬することはできません」

「どうしてです?」

「主な理由は、感染症予防のためです。一八九七年、伝染病――いまで言う指定感染症で亡くなった方のご遺体は原則火葬にしなくてはならないとする『伝染病予防法』が制定されました。ご遺体が病原菌に冒されていた場合、土を通して感染症が流行する可能性がありますからね。以降、指定感染症以外で亡くなった場合でも念のため火葬されることが増え、都市部では土葬そのものを禁止する条例も制定されました。この条例がない地域でも、墓地の使用条件に『納骨できるのは焼骨にかぎる』とある地域が多いんです。焼骨、つまりは焼いたお骨のことですから、事実上、火葬以外の埋葬は認められていないことになります。戦争や災害で大量の犠牲者が出て、火葬炉に空きがない場合などは例外でしょうし、いまも土葬を認めている地域もなくはありませんが」

「なら、遺体を水に沈めて埋葬することも無理なんですか？」

「水葬ですか。ええ、そうですね。水葬に関して言えば、我が国では死体遺棄罪に問われるという法解釈が一般的です。これについても、航海中に亡くなった場合など例外は考えられますが」

「そうだったんですか……」

呟く瑞穂さんを笑うことはできない。ここに入社する前は僕だって「希望すれば遺体を土に埋めようが水に沈めようが自由」と漠然と思っていたのだから。

瑞穂さんは、厚めの唇を嚙みしめたまま動かない。社長が心配そうに言った。

「よろしければ、なぜ火葬が嫌なのか教えていただけないでしょうか。土葬や水葬は無理でも、なにかお力になれるかもしれません」

「そう言われましても……火葬するわけにはいかない事情があるとしか……」

ノックの音が響き、応接室のドアがゆっくりと開かれた。

「失礼とは思いましたが、勝手に入らせていただきましたよ」

その一言とともに、女性が入ってくる。高齢で、左手で杖をついているけれど声には張りがあって若々しかった。

「瑞穂さん、車が停まっているからもしやと思ったら、こんなところにいたなんて」

「ごめんなさい、おばあちゃん。これは……」

「わかってます、私のお葬式について相談していたのでしょう。なにかあってからでは遅いと思ったのですね。この前ちょっと風邪をこじらせたくらいで、大袈裟な。気持ちはありがたいけど、死んだら特別なことはしないで火葬してくれて構いません。その方があなたも楽でしょう。お墓だって、ちゃんと用意してもらってるんだし」

言い淀む瑞穂さんに一方的に告げてから、老女は僕らに顔を向けた。

「葬儀屋さん、お騒がせしましたね。お詫びと言ってはなんですが、私になにかあったときはお葬式をお願いします。いま言ったとおり、普通に焼いてくれて構いません。それでは失礼」

踵を返した老女は、杖をついているとは思えない早さで応接室から出ていった。

「待ってよ、おばあちゃん……あ、北条さん、ありがとうございました。なんだか中途半端になってしまってすみません」

瑞穂さんは老女の後を追って、慌てて出ていく。社長が、ほう、と息をついた。

「元気なおばあさまだったね。わたしも、あんな風に年を取りたいなあ」

「元気すぎません？　まだまだ僕らがお世話する必要はなさそうですよ」

瑞穂さんが書いた、生前相談の申込書を手に取る。住所や名前、電話番号などは書かれていたけれど、肝心の生前相談をしたい理由のところは空欄になっていた。

「どうして火葬が嫌なのか、わからないな」

「生前相談してくる人には、いろいろな希望や事情があるからね」

慣れっこなのか、社長はそこまで関心がないようだった。

やらなくてはならないことがたくさんあるし、僕も深くは考えないことにした。


それから九日経った、四月一七日の夜。当直の僕は、一人で三階の事務室にいた。

葬式の依頼は、いつ舞い込んでくるかわからない。だから葬儀社には二四時間、必ず誰かが待機している。「コンビニより先に二四時間営業になった業態」と言われているのが、この仕事なのだ。

北条葬儀社の場合、当直は原則二人。第一当直は、事務室で一晩中待機。第二当直は自宅で眠っていても構わないが、枕元にスマホを置き、依頼があったらすぐ出勤しなくてはならない。ご遺体を一人で運ぶことは難しいので、葬儀屋がご遺体のもとに駆けつけるとき――「走る」と言われている――は、二人一組が原則となる。

葬式の規模によっては臨時で外部スタッフを呼ぶこともあるが、専属は、社長、餡子さん、高屋敷さん、僕の四人だけ。週に何度かは当直が回ってくる計算になる。

当直の夜、僕は〝見本〟をもとに文字を書く練習をしている。

自分で言うのもなんだけれど、祖母に仕込まれた甲斐あって、僕は達筆だ。葬儀屋でもこのスキルを活かせると思ったが、門標も案内板もすべてパソコンで入力した文字をカッティングシートを使って貼るだけで、手書きの出番はなかった。

「せめて門標くらい、故人さまやご遺族のことを思って一文字一文字手書きにするべきです」と最初に言ったのは、去年の一一月だったか。

「やらせてください、餡子さん」「ほかに覚えることがたくさんあるやろ。どうしてもやりたいなら、社長に言ってみいや」

「やらせてください、社長」「ほかに覚えることがたくさんあるでしょう。どうしてもやりたいなら、餡子さんに言ってみたら？」

ここは役所か、と思うほどたらい回しにされたが、最終的には社長の許可が下りた。ただし、「今後、門標はすべて新実くんが書くこと。最大限の努力をして、可能なかぎりきれいな字で書くこと」という条件つきで。

仕事が増えてしまった形になるが、自分から言い出したことだ。後悔はない。

〝見本〟に倣って、一文字一文字を丁寧に書く。子どものころ、祖母に「勉強するときは一人でやった方が効率が上がるよ」と教え込まれた。その影響で誰かがいると気が散ってしまうので、当直で一人になったときは集中できていい。

筆記具は万年筆だ。なかなか慣れず、今夜も思いどおりの字が書けないでいるうちに、日付が変わった。餡子さんからは「当直でも完徹する必要はない。少しは仮眠を取るんやで」と心配されているが、そんな悠長なことは言ってられない。決意を新たにした途端、会社の電話が鳴った。

万年筆を引き出しの奥深くにしまい込んでから、受話器を取る。

「お電話ありがとうございます。北条葬儀社、新実でございます」

〈あの……もしかして、先日の男性の方でしょうか〉

相手が語尾にたどり着く前に、声の主が誰かわかった。

「福沢瑞穂さんですね」

〈そうです。その節はありがとうございました。それで実は……祖母が、階段から落ちて……亡くなりました。つきましては、病院まで来ていただけないかと……〉

2

病院の場所を聞いてから電話を切った僕はスマホでＱ斎場のサイトにアクセスし、火葬炉の空き状況を確認した。直近で空いているのは、明後日一九日の午後二時だった。すぐさま予約を入れる。

これが葬式において、葬儀屋が最初にする仕事だ。

葬式の一つのゴールは、火葬することにある。その日時をご遺族が判断することは難しいので、僕らが設定しなくてはならない。いつ火葬するかさえ決めれば、通夜、告別式のスケジュールを組むことができる。「その日は都合が悪い」「親戚が集まるのが数日先になる」など事情がある場合は、予約をキャンセルして後日に回せばいい。ご遺族が「お別れのときをゆっくりすごしたい」と希望する場合も同様だ。

「もっと早くできないのか」と急かされることもあるが、炉の予約は直近のものを押さえている。延期はできても、前倒しは難しい。

予約した時間どおりに火葬を執行することが、葬儀屋にとって重大な使命となる。告別式が長引いたり、トラブルに見舞われたりして間に合わないと大変だ。炉の予約が一杯で火葬が後日に回されるという、最悪のケースもありうる。

斎場から、予約確認のメールが送られてきた。よし、これで最初の仕事は終わり。スリープにしていたパソコンを立ち上げ、当直表を確認する。今夜の第二当直は餡子さんだ。

ちなみに紫苑社長は休み。社長とはいえ、相手は女性。プライベートを詮索（せんさく）するわけにはいかないけれど、休日はどこでなにをしているのだろう。「お休みの日は疲れ切ってるから絶対に仕事はしない。家で寝てる」と言っているけど。独り暮らしだから当然一人で寝ているのか、それとも誰か連れ込んで……。

膨らみかけた妄想を振り払い、餡子さんに電話をかける。

「もしもし、新実です。仕事です。迎えにいきます。二〇分後にアパートの前にいてください」

〈新実だと？　嫌や。ウチは紫苑社長がいい……あの子の黒スーツ姿はたまらん……眺めとると若き日の血潮が……〉

みなまで聞く前に電話を切った。

姿見の前に立ち、黒いネクタイを結ぶ。こんな夜更けに、こんな色のネクタイを巻くのは、この仕事くらいだろう。

ここまで重労働だなんて、入社前は想像もしていなかった。

大学を卒業した僕は、東京に本社を置く中堅ソフトウエア会社のSEになった。Q市の支社に転勤になったのは二年前。その数ヵ月後、主力製品に深刻な不具合が見つかってクレームが殺到、懸命に対応したものの会社は倒産。無職になった僕が応募したのが、北条葬儀社だった。

遺体に触ることに抵抗がなかったと言えば嘘になる。でも祖母を直葬にしてからずっと心に巣くう「ざらり」とした感覚は、社会人になってからも正体がわからないままだ。葬儀屋になって葬式をたくさん見ればそれを見極められるかもしれない、という期待の方が大きかった。

とはいえ、祖母を直葬にした葬儀屋を見た経験から、楽に稼げそうな仕事だと思ったことも否定できない。しかも人間が不死身にならないかぎり、仕事がなくなることはないのだ。採用されたときは、これでもう倒産に巻き込まれずに済むと胸を撫で下ろした。甘かった。

長患いでやせ細っていても、全身から力が抜け切ったご遺体は思いのほか重い。しかも取り扱うご遺体が、きれいなものばかりとはかぎらない。苦悶でひきつった顔をしていたり、腐乱していたりすることも珍しくない。

入社一週間で、とんでもない職場に就職してしまったと後悔した。一ヵ月をすぎるころには退職願を出しかけた。それでもなんのかので半年近く続けているのは、葬儀を終えた後のご遺族の表情にある。

僕だってあの人たちと同じように、祖母の死をかなしんだはずだ。なのに、なにかが違う——葬式をお世話する度にそう思ってしまって、「ざらり」がなんなのか、ますますわからなくなっていった。いまやめたら、きっとこの感覚は一生消えない。そう思って、仕事にしがみついてきた。

この葬式は、チャンスだ。

僕にとって祖母は、唯一の肉親だった。生前相談や葬儀の依頼をしてきたのだから、瑞穂さんもまた、あの老女の唯一の肉親なのだろう。僕と祖母の関係そっくりだ。

福沢瑞穂さんのために尽くすことが、ひいては僕自身のためになる。

二〇分後。古いアパートの前で車をとめると、中肉中背のシルエットがふらふらと近づいてきた。

「時間どおりか。時計みたいなやっちゃな」

黒いスーツに身を包んだ餡子さんが、あくびを噛み殺して助手席に乗り込んでくる。

「あーあ。やっぱり夜走るときは、紫苑社長とがええわ」

「悪かったですね、僕で」

「お前だって社長の方がよかったんやないか。休みの日になにしとるのか、いつも社長のことを、舐め回すような目で眺めとるやないか。休みの日になにしとるのか、妄想を膨らませとるんやないか」

「……眺めてないし、妄想もしてません」

「とぼけてんのか、無自覚なのか知らんが、お前も男なら玉砕覚悟で——」

「そんなことより！」

強引に遮り、依頼人について説明する。

「——なるほど。生前相談に来はってて、お前は先方と面識がある、と。ならこの葬式、お前が担当してみるか。入社して半年やから、そろそろいいやろ」

「はい。やらせてください」

即答した。

「え？　ほんまに？　蔵元杜氏さんの一件で懲りたんやなかったんか？」

「懲りてませんよ。僕の方からお願いするつもりだったんです。やります」

「そこまで言うなら任すけど……もうちょっとしてからの方がええと思うんやが……」

自分で持ちかけておきながら、餡子さんはぶつぶつ言っていた。

瑞穂さんの祖母、福沢美和子さんが搬送されたのは長楽山病院だった。ここの評判は、はっきり言ってよくない。院長の長楽山先生がだいぶ年を取っていて、医療過誤寸前の事態を引き起こすことも珍しくないのだ。当人は情熱家で誠意もあって生涯現役を宣言しているが、早々に引退した方が世のため人のためではある。

でも今夜も長楽山先生ははりきって当直をしていて、診察室で僕らに状況を説明してくれた。

「自宅で階段から落ちたんだよ。足腰に大きな問題はなかったけど、年寄りの場合、平衡感覚が鈍ってバランスを崩すことは珍しくない。争った形跡も盗まれたものもないから、警察も事故と判断した。解剖の必要はないってさ。死後の処置も終わったから、自宅に連れ帰ってくれて構わない」

死後の処置とは、ご遺体を消毒液で清拭したり、鼻・口・耳・肛門・膣に綿を詰めたり、死化粧を施したりする作業を指す。医療関係者がやってくれることもあるが、そうでない場合は葬儀屋が行う。

余談になるが、ご遺体にペースメーカーが埋め込まれている場合は、この段階で抜いておく。燃やすと爆発して、お骨がばらばらに飛び散ったり、破損したりするおそれがあるからだ。この処置に関しては葬儀屋ではなく、医者の仕事となる。

「ありがとうございます。ところで、瑞穂さんはどちらです？」

僕が訊ねると、長楽山先生が答えるより早く、透き通った高音の声が返ってきた。

「葬儀屋さんに電話した後ぐったりしてしまい、お休みになっています」

振り返ると、彫りが深くて鼻が高い、西洋人のような顔立ちのお坊さんが診察室の戸口に立っていた。

「鏡敬（きょうけい）と申します。旅の僧でございます」

「ほ、北条葬儀社の新実と申します。初めまして。ええと、こ、こちらは……」

あまりの美形にどぎまぎしながら、自分と餡子さんの紹介をする。

「失礼ですが、旅の僧ということは美和子さんは檀家（だんか）ではないんですよね？　なのに、どうしてこんな夜更けに病院に？」

「ご老体の入院患者さまが不眠を訴えていると聞き、拙僧でよければ話し相手にと思って参りました」

「鏡敬さんは二ヵ月ほど前、この街にやって来てね。ボランティアで掃除をしたり、ご老人の面倒を見てくれたりしている、親切なお坊さんだよ。旅なんてやめて、永住してほしいくらいだ」

「もったいないお言葉ですが、拙僧は修行中の身でございますので」

鏡敬さんは長楽山先生の賛辞をさらりとかわし、澄んだまなざしで僕を見つめる。

「美和子さんが亡くなって、瑞穂さんはパニックになっておられました。その心を、拙僧がお話しして鎮めたのです。美和子さんとは何度かお茶をご一緒して、いろいろとお話をうかがっておりました。こうしてご臨終に立ち会ったのもなにかの縁。お力になりたいと思った次第です」

「美和子さんの葬式は鏡敬さんにお願いするといいよ、新実くん」

「それは瑞穂さんが決めることですよ。僕らが判断することじゃありません」

僕がやんわり釘を刺しても、長楽山先生は耳を貸さない。

「硬いことを言うな。美和子さんは二年前にＱ市に越してきたばかりだ。深いつき合いのある坊さんもいないだろう。鏡敬さんに任せるのが一番さ」

「でも瑞穂さんのご希望が……」

「いいからいいから」

「いいえ、長楽山先生」

鏡敬さんが、首をゆっくりと横に振る。

「拙僧にできることならなんでも致しますが、瑞穂さんのご意思を尊重すべきです」

「ああ。まったくもって鏡敬さんの言うとおりだな」

僕には貸されなかった耳が、鏡敬さんにはあっさり貸された。

「ほな、瑞穂さんにご挨拶してから、美和子さんをご自宅にお連れしましょか」

診察室から出ていく餡子さんの肩は、微かに震えている。

絶対に笑うのを我慢してるな、この人。

福沢家は、二階建ての古い一軒家だった。周囲には、街灯も民家も少ない。物音がほとんどしない静けさの中、病院から連れ帰った美和子さんを仏間の布団に寝かせる。それから、瑞穂さんと和室で向かい合って座った。瑞穂さんの隣には、鏡敬さんもいる。「拙僧もご一緒した方がよろしいでしょうか」という申し出を、瑞穂さんが一も二もなく受けたからだ。

まず、僕が切り出す。

「改めまして、この度はご愁傷さまでした」

「三時すぎに、おばあちゃんから電話がかかってきたんです。私は仕事中だったんですけど、先生が……あ、私は家具職人の助手をしてるんですけど、とにかく先生が優しい人で、電話してもいいと言ってくれて……でもおばあちゃんの用事は、今夜のご飯がいるかどうかってことで……そんなことで電話してくるなんておばあちゃんらしいと思ったけど、八時すぎに帰るから食べると答えました。でも帰ったら、階段の下で……」

途切れ途切れに語られる話の後半は、涙声になっていた。痛ましかったが、ここで間をおかない方がいい。

「お辛いときに恐縮ですが、打ち合わせに入らせてください」

餡子さんはなにも言わない。ということは、話の持っていき方は間違ってない。瑞穂さんは、涙をこらえながら頷いた。僕は頷き返して言う。

「先日、北条が申したとおり、火葬以外の埋葬は原則として認められてません」

「わかってます。それに生前相談の後、祖母と葬式について話し合ったんです。智史(ともふみ)さんがお墓を用意してくれているのだから、そこに入れてもらえばいいと繰り返していました。そのお墓がある地域も、焼骨以外の納骨は認められていませんでした。ほかに埋葬できる場所もありませんし、火葬するしかありません」

「失礼ですが、智史さんというのは？」

「まあ……広い意味での親戚とお考えいただければ」

よくわからない説明だが、必要以上にプライベートに立ち入ることはできない。

「ただ、祖母は火葬にしますが、葬式はあげません」

え？

「お金も手間もかかりませんし、直葬でお願いします。祖母は人づき合いがほとんどなかったから、参列する人もいないでしょうし」

生前相談にまで来た瑞穂さんがこんなことを言うとは思わなかった。

本当にいいんですか、と訊ねかけた。でも、祖母を直葬で送った僕に言う資格があるのか？　迷っていると、鏡敬さんが頭を下げた。

「申し訳ございませぬ。実は美和子さんが亡くなってすぐ、近松(ちかまつ)智史さんのご家族にお知らせしてしまいました。連絡先は美和子さんからうかがってましたし、お葬式をあげると思い込んでいたもので……」

瑞穂さんが、鏡敬さんに勢いよく顔を向ける。

「でも近松家の人たちが、祖母の葬式に来るとは思えません」

「譲さんと香織さんのご兄妹だけですが、いらっしゃるそうです」

「いまから急いで連絡して、葬式をやらないことを伝えれば……」

「しかし、それでお気を悪くされては、美和子さんを智史さんと同じお墓に入れることに難色を示されるかもしれません。ほかに埋葬できる場所もないのでしょう？」

瑞穂さんが厚めの唇を嚙みしめる。

「拙僧が余計なことをしたばかりに……すみませぬ」

俯く鏡敬さんだったが、よかれと思ってしたのだろうから仕方がない。

「よくわかりました。でも、持ち合わせが……祖母の遺産だって、それほどは……」

「お金をかけなくても、いいお葬式はできますよ」

僕が言うと、鏡敬さんも頷いた。

「おつき合いのあるお寺さまがなければ、微力ながら拙僧がお手伝い致します。読経も戒名も無料というわけには参りませんが、できるだけ安価で済むように致しましょう」

癖なのか、瑞穂さんは再び厚めの唇を嚙みしめていたが、しばらくすると畳に額がつきそうなほど深く頭を下げた。

「わかりました。どうぞよろしくお願い致します」

鏡敬さんは両手を合わせ、微かに頷く。これで話はまとまった。鏡敬さんはいいお坊さんのようだし、瑞穂さんも火葬で納得した。参列者も多くなさそうだし、初めて担当する葬式としては楽な方だろう。

「新実さんも、よろしくお願いします。ただ、一つだけわがままを言わせてください。棺にだけは、力を入れたいんです」

　奇妙な申し出だが、お金をかけない葬式では、ご遺族はどこか一点にこだわるらしい。

　一口に「棺」と言っても、さまざまな形態がある。天然の樹木を使った高級感あふれる天然木棺、見た目は天然木棺だが内側が空洞になっていて安価なフラッシュ棺、フラッシュ棺に布を張った布張棺。それらを説明するためカタログを取り出そうとした矢先、瑞穂さんは言った。

「絶対神ゼロを召喚する棺なら、火葬の大罪も赦されるはずですから」

「は？」

　意味がわからず間の抜けた声を上げてしまった僕に、瑞穂さんは「絶対神ゼロですよ」と繰り返した。いや、それの意味がわからないんだけど……。どう返していいのかわからない僕に、瑞穂さんは続ける。

「祖母も私も、絶対神ゼロの忠実な下部でした。説明するまでもないと思いますが、この世に存在するあらゆるものをつくり出した神、それがゼロです。祖母がゼロに帰依した理由は、『心臓が悪いから』でした。心臓の病を治すくらい、ゼロには簡単なことですからね。ただしゼロの掟では、火の使用は大罪なのです。火こそ人類が諍いを始める契機となった諸悪の根源。生活を送るための必要最低限の使用は認められていますが、それ以上は許されません。本来なら火葬など許されざる愚行。先日、そちらに生前相談にうかがったのは、これが理由です。来るべき祖母の最期の日に備え、火葬以外で埋葬する方法はないか知りたかったのです。なのに祖母は、私に金銭的な負担をかけたくない一心で、智史さんが用意してくれたお墓に入ろうと火葬を希望しました。ゼロに罪の許しを乞うため毎朝毎晩祈りを捧げるつもりでしたが、神託を受ける前に旅立ってしまった。掟に従うなら火葬は許されませんが、ひっそりと葬る直葬なら、ゼロも許してくれると思いました。でも葬式をすることになった以上、ゼロを召喚する棺を用意するしかありません。ゼロ自らの御手に包まれれば、火葬の大罪も許されるでしょう。そうしないかぎり、祖母は死後の世界でも心臓の病に苦しめられることになります。だから私がこの手で、ゼロの棺をつくる。家具職人の助手として磨いてきた腕を活かして。祖母のためには、それしかないのです」

　ほとんど息継ぎせずに言い切った瑞穂さんは、口を半開きにして反動のように黙った。厚めの唇は、唾液で鈍い光沢を帯びている。思わず目を逸らした僕は、鏡敬さんを見遣る。泰然自若とした美僧も、さすがに啞然としていた。

　僕は、おそるおそる訊ねる。

「……棺以外で、絶対神ゼロの掟はありますか」

「ありません。ゼロの掟は、私たちの日常を束縛するほど理不尽なものではありませんから。ただ、火の使用だけはだめです。大罪なのです」

　打ち合わせは、一時間とかからず終わった。瑞穂さんは本当に棺以外にはこだわりがないらしく、こちらの提案はほとんど丸呑みされた。手間取ったのは、棺に使ってはいけない素材の説明と、僕のボールペンのインクがなくなってしまったことくらいだ（後者に関しては「ちゃんと準備しとかんかい」と餡子さんに視線で注意された）。

「ゼロの棺」を手配するのに時間がかかるということで、火葬執行は一日順延。したがって、通夜は一九日、告別式は二〇日に変更。また、「ゼロに祈りを捧げるため必要」だそうで、ご遺体はこちらで預からず、福沢家に安置することになった。春とはいえ、ご遺体が傷まないように保冷材を頻繁に取り換えなければならない。そのことを説明し、交換のために時折訪問することを伝えてから、福沢家を辞した。

「奇妙な葬儀になりそうですな」

　鏡敬さんが苦笑する。

「寡聞にして知りませんでしたが、絶対神ゼロという神を持ちながら、葬儀の形式は仏式で構わないとは。しかも棺以外はどうでもいいとおっしゃる。いささか驚きました」

「オカルトじみた新興宗教なんてそんなもんや。大雑把な教義しか定めてへんから、細部についてはいい加減なことも多いんですわ」

　餡子さんの言葉に、鏡敬さんは苦笑を濃くする。

「とにかく、拙僧は己の役割を果たしましょう。なにかあったら連絡してください。こちらがスマホの番号になります」

名刺を差し出されたので、僕と餡子さんのものも渡す。鏡敬さんの名刺は、表面に名前とスマホの番号が、裏面にお坊さんのイラストと、なにやら文章が書かれていた。どちらも手書きだ。イラストはゆるキャラ風で、かわいい。

「僧というものは、世間から近寄り難いと思われがちですから。少しでも親しみを持ってもらおうと、イラストを載せて、仏の教えも書いてみました」

お坊さんもいろいろ工夫してるんだな。後でじっくり見てみよう。

「車でお送りしますよ」という僕の申し出を固辞して、鏡敬さんは夜の街へと消えていった。街中の民宿に滞在しているらしい。

「たいした人ですね。檀家でもない人のために、こんなに時間を割くなんて」

「まったくや。あんな偉い坊さんがいてはるなら、ウチの力なんかいらんやろ。この葬式はお前一人で乗り切るんや。任せたで」

「……もしかしなくても、大変そうな葬式だから押しつけようとしてます？」

「お前はいずれ、ウチを超える葬儀屋になる男や。なにか一つきっかけがあれば大いに化ける。この葬式は、その足がかりとなるやろう」

嚙み合っていない会話を残し、餡子さんは足早に助手席に乗り込む。

——初めて担当する葬式としては、楽な方だと思ったんだけどな。

3

花屋が注文を受けるうちに葬式のノウハウを学び、葬儀社に転身した——この業界には、そんな例もあるという。

北条葬儀社もこれに当たり、紫苑社長より数えること三代前の社長が「北条花店」から「北条葬儀社」に看板をかけ替えたらしい。「そういう家系の葬儀屋に生まれてよかったよ。代々の技術が継承されているから」と常々語る社長は、プロの華道家なみに上手に花を生けることができる。

いまも生け花鋏を器用に操(あやつ)り、祭壇に飾る花をつくっている。これは他社の葬式で使う花だ。「ぜひ北条さんにお願いしたい」と頼まれ、二つ返事で引き受けていた。いくら「この仕事が好き」とはいえ、そのうち倒れないか心配になる。

時刻は午後五時。瑞穂さんとの打ち合わせを終えた僕は帰社して、引き継ぎを済ませてから帰宅。一眠りしてから出勤した。いまは領収書の束を机に置き、会計ソフトに数字を打ち込んでいる。前職がSEなので、いつの間にか僕がウェブサイトの更新から会計、勤務シフトの管理まで、パソコンを使う業務を一手に任されるようになった。

餡子さんと高屋敷さんは、病院に走っていて不在。事務室には、僕と社長だけだ。

領収書の打ち込みが一区切りついたところで立ち上がり、窓辺に行った。外を眺めるふりをしながら、社長をそっと盗み見る。

花に向かう姿は、驚くほどさまになっていた。社長は華道の勉強にも熱心で、関連書を買ってきては、すみれ色の万年筆でいろいろと書き込みをしている。華道家の方が、葬儀屋より似合ってそうだ。アップにした黒髪を下ろし、和服姿で畳に正座する北条紫苑。そんな姿が、自然、黒いスーツを着た社長に重なる。スタイルもいいから、もう少し背が高ければモデルになっていたとしてもおかしくは……。

「——実くん？　新実くん？　電話が鳴ってるよ？」

いつの間にやら妄想に浸っていた。社長は僕がぼーっとしているからと言って、代わりに電話に出てくれるほど甘くはない。盗み見に気づかれていなければいいが。

「ここは、仕事をする場所だからね」

気づかれていた。耳たぶまで熱くなりながら、飛びつくようにして受話器を取る。

「お電話ありがとうございます。北条葬儀社、新実でございます」

〈福沢です。葬式を延期してください。絶対神ゼロは、まだ棺に降臨なさってません〉

頭痛がしてきた。親指と人差し指で眉間を押さえつつ、説明を求める。「絶対神ゼロの掟」「火葬は罪にまみれた葬送」など頭痛がひどくなる言葉を連呼されたが、まとめると「『ゼロの棺』の製作が間に合わないから、葬式を延期してください」となる。

「いまさらですけど、どうしても『ゼロの棺』でないとだめなんですか」

〈当たり前です。ゼロの掟を破ったら、祖母はどうなることか〉

言葉に詰まっていると、社長が走り書きのメモを掲げてきた。「ホールも火葬炉も空きはＯＫ」とある。でも火葬炉の予約を取り直したり、精進落としの料理をお願いしているお店に電話したり、やらなくてはならないことが多すぎる。斎場のキャンセル料や保冷材の代金がばかにならないと教えてみようか。そうすれば、瑞穂さんも……。

〈ゼロの掟を破れば、おそろしい祟りがあるでしょう。私や祖母だけではありません。もちろん新実さん、あなたも未来永劫呪われます〉

「かしこまりました。延期させていただきます」

鈍い光沢を帯びた唇が脳裏に浮かび、反射的にそう応じてしまった。「変更後のスケジュールは決まり次第、連絡致します」と言って、逃げるように電話を切る。

「延期決定だね？　なら、いろいろ手配しないと」

早速行動を開始しようとする社長に「少しはいたわってください」と言う気力もない。

「ただいま戻りやした。お、新実。どないした？」

社に戻ってきた餡子さんと高屋敷さんに対しても、すぐには答えられなかった。

方々に連絡した結果、通夜は二〇日午後七時から、告別式は二一日午前一一時からとなった。「この日程で、もう動かせないと思ってくださいね」と瑞穂さんに何度も念押しして電話を切る。やっと一息つけると思ったら、珍しく高屋敷さんが声をかけてきた。

「お寺さんには連絡したのか？」

「忘れていました。ええと、鏡敬さんの連絡先は……」

「鏡敬さん？」

「旅の僧です」

鏡敬さんのことを説明しながら、カードホルダーに入れていた名刺を取り出す。ばたばたしていたので、ゆるキャラ風のイラストにも仏の教えにも、まだちゃんと目を通していない……うん？

ちょっと意外だけど、まあ、いいか。

とりあえず電話に手を伸ばすと、階段を駆け上がる音が聞こえてきた。そのままの勢いで、事務室のドアが開かれる。

「ここ？　瑞穂さんにいいように使われてる葬儀社は？」

「失礼な言い方はやめろよ、香織」

つり目気味の女性と、垂れ目気味の男性が入ってきた。

ひとまず二階の応接室に通そうとする僕を振り切り、女性は甲高い声でなにやら捲し立てる。やむなく僕と社長で、その場にある作業用のテーブルで話を聞くことにした。

男性は近松譲さん、女性は近松香織さん。兄妹で、智史さんの孫だという。鏡敬さんの話に出てきた人たちだ。

「美和子ちゃん――僕らはそう呼んでいたんです――のことで連絡があったと思ったら、

訃報でした。驚いたし、かなしかったですよ」

しみじみと言う譲さんの横で、香織さんは荒々しく息をつく。

「近松家に戻ってくればよかったんだ。周りが反対しても、おじいちゃんは結婚したがってたんだし。血がつながってない孫娘と暮らすより、幸せだったに決まってる」

「血がつながってない⁉」

僕がつい大きな声を出してしまうと、香織さんはパイプ椅子に背を預け息をついた。

「そんなに驚かなくてもいいとは思うけど、瑞穂さんからなにも聞いてないんですね」

香織さんによると。

近松智史さんは、隣県にある金属加工会社・近松工業の社長だった。美和子さんは住み込みの家政婦で、譲さんと香織さんを実の孫のようにかわいがってくれた。二人も、実の祖母が厳しく、甘えさせてくれない人だったので、美和子さんになついていた。

祖母が他界すると、智史さんと美和子さんの仲は急激に深まった。香織さんたちも、二人に結婚してほしいと願っていた。

でも智史さんの息子夫婦——香織さんたちにとっての両親は、結婚に猛反対した。理由は「住み込みの家政婦に手をつけるなんて世間体が悪いから」という、本人たちにとっては重要、傍目には些細なものだった。それでも結婚を強行しようとした智史さんだったが、「近松工業は地域の産業を一手に支えている。悪い評判が立ったら、たくさんの人に迷惑がかかる」と言われると二の足を踏んでしまった。

智史さんが板挟みになっていることに心を痛めた美和子さんは、「姉のもとに身を寄せる」という書き置きを残して近松家を去った。一八年前のことだ。

その後、社長を引退した智史さんは美和子さんの行方をさがした。しかし、どうしても見つからない。それがストレスになったのか、脳梗塞を発症して入院。一命は取り留めたものの、ベッドから起き上がれない日々が続き、生気はみるみる失せていった。

そんなときに、美和子さんから手紙が届いた。

手紙には、智史さんが倒れたと噂で聞いたこと、孫娘を連れた男性と熟年結婚したこと、その人は既に亡くなったが孫娘と二人で幸せに暮らしていること、いまも智史さんを慕ってはいるが迷惑をかけたくないから会うつもりはないことなどが綴られていた。

喜んだ智史さんは、すぐに返事を書いた。それに対する返事が来ると、また手紙を書いた。美和子さんもまた、すぐに返事を寄越した。

こうして、二人の文通が始まった。

香織さんは「いまどき手紙？」とあきれていたが、手紙の数に比例して、智史さんは生気を取り戻していった。避けていたリハビリにも取り組むようになった。「もっと歩けるようになったら、美和子さんに会いにいくと伝えてある。彼女も『そこまでするなら』とＯＫしてくれた。私の目標だから、譲も香織も勝手に会いにいかないでほしい」と言っていたが、叶うことなく二年前に病没。息を引き取る前に、「美和子さんとの文通は楽しかった。よければ、一緒の墓に入りたい。スペースはちゃんと用意しておくと伝えてくれ」と言い残した。

近松兄妹は訃報と祖父の伝言を、速達で美和子さんに伝えた。兄妹としては葬式に参列してほしかったし、それが無理でも線香をあげに来てほしかったが、美和子さんを嫌う両親のことを考えると無理強いはできなかった。美和子さんからは、丁寧なお悔やみの返事が来たものの、近松家を訪れることはなかった——。

「美和子ちゃんは、本当に優しい人でした」

いつの間にか譲さんは、垂れ気味の目を細くしていた。

「木から落ちた香織を助けようとして、下敷きになったこともあったんですよ。そのときに美和子ちゃんは、右脚を骨折しましてね。膝に金属製の人工関節を埋め込んだんだけど、杖なしで歩くのは大変そうでした」

香織さんの表情もまた、入ってきたときが嘘のようにやわらかくなっている。

「倒れたおじいちゃんが五年近く生き長らえたのは、美和子ちゃんのおかげ。会いにいくのを心の支えにして、ずっとリハビリをがんばってたからね。亡くなる直前、美和子ちゃんを連れてこようとしたら『私の方から会いにいくんだ』と怒鳴られたっけ。あんなに怒ったおじいちゃんは初めてだったなあ」

言葉を切った香織さんは、一転して両目をつり上げた。

「美和子ちゃんは、私にとってもおじいちゃんにとっても恩人なんです。だから、おじいちゃんと一緒のお墓に入れてあげたくて、両親も説得しました。でも、こんな葬式で、美和子ちゃんが納得するんでしょうか。美和子ちゃんはうちで働いてたから貯金はあるし、年金もそれなりの額をもらってるはずなんですよ。なのに瑞穂さんはろくにお金をかけないで、妙な棺にだけこだわってるんでしょ。絶対神ゼロなんて、美和子ちゃんの口から聞いたこともないのに。心臓を悪くしてから帰依したなんて話も信じられない。しかも、一方的に延期までして。そういうわけだから、葬儀屋さん」

最後の一言とともに、香織さんは睨むように僕を見た。

「予定どおりに葬式をあげるよう、瑞穂さんを説得してください」

眩暈(めまい)がしそうになる。

「申し訳ございませんが、既に延期の手配は済ませましたので……」

「はあ？　なんで？」

「喪主である瑞穂さんのご希望ですから……」

「私の希望も聞いてよ。お金なら出します」

ここで感情的になったら、また社長に怒られてしまう。落ち着け、と自分に言い聞かせながら口を開く。

「私どもとしましては、喪主さまのご意向に背くわけにはまいりません。瑞穂さんと話し合われてはいかがでしょうか」

「話し合いが通じる相手じゃない。すぐに絶対神ゼロとかいう、訳のわからない神さまを持ち出してくるんだから」

「それは、私どもに対しても同じです」

　そう言っても食い下がられたが、譲さんが僕に加勢してくれたおかげで、香織さんは目をつり上げながらも帰っていった。

「お疲れさま」

　社長の物言いは事務的であって、冷静に対応したことをほめてくれたわけではなさそうだった。仕事とはそういうものなのかもしれないが、少しだけがっかりする。慰めてほしくて、飴子さんの方を見る。飴子さんは自分の席で組んだ両手に顎を載せていたが、僕の視線に気づくと力強く頷いた。

「よくやったで、新実。なかなかの応対やった」

　ものすごく嘘くさい。

　社長が言う。

「新実くん、鏡敬さんに延期の連絡をしないと。都合がつかなければ、別のお寺さんをさがさないといけないし」

「そうでした。また忘れてました」

　肩を落としつつ席に戻り、鏡敬さんの名刺を……あれ？　ない？

「ここだ」

　低い声の方を見遣ると、自分の席に着いた高屋敷さんが右手で名刺を掲げていた。

「どうして高屋敷さんがそれを？」

「徳の高い僧に、電話だけでスケジュール変更を請うのは無礼だ」

答えになっていない言葉を返し、高屋敷さんは立ち上がる。

「直接お会いするべきだろう。私も同行する」


鏡敬さんと待ち合わせたのは、駅の近くにある古いカフェだった。高屋敷さんと一緒に店に入ると、鏡敬さんは窓際の席に既に座っていた。鏡敬さんの向かいに座っても高屋敷さんが黙ったままなので、仕方なく僕が話し始める。

「お忙しいところお時間いただき、申し訳ありません」

「お気になさらず。大切な話をするときは、直に顔を合わせた方がよいものです」

「そう言っていただけると助かります。こちらは弊社スタッフの高屋敷英慈です」

高屋敷さんは、愛想のかけらもなく頭を下げた。ウエイトレスに注文を済ませてから、美和子さんの葬式が延期になったことを話す。鏡敬さんは嫌な顔一つせず頷くと、手帳を広げた。高屋敷さんが、無遠慮にそれを覗き込む。それに気づいた鏡敬さんは、少し戸惑いつつ言った。

「変更した後の日も予定は空いてますので、拙僧がお役目を務めさせていただきます」

「ありがとうございます」

かくして打ち合わせは終わった。顔を合わせてからここまで三分弱。絶対に電話で済んだ。ウエイトレスが持ってきた飲み物に、三人で黙って口をつける。

「鏡敬さまの宗派は、どちらになりますか？」

高屋敷さんが訊ねたのは、気まずさをごまかすためだろうか。

「双麗宗と申します。大本となる宗派は――」

鏡敬さんが口にしたのは、歴史の教科書には必ず載っている有名な宗派の名前だった。

「双麗宗は、そこから枝分かれした一派です。総本山はA県にあります」

「ほう。そんな遠くからQ市に？」

「ええ。寺を出て、市井の人々の生活を己が目で見よ。それが、亡き師の教えでした」

「なるほど。よい師をお持ちですな」

こんなに積極的にしゃべる高屋敷さんは初めてだ。仏教に興味があるのだろうか？　だから鏡敬さんを呼び出したのか？　でもお坊さんと話す機会なんて、いくらでもあるぞ？　頭の中が疑問符だらけになる僕に構わず、高屋敷さんは続ける。

「各地を回っているなら、葬式坊主にもたくさん会っているのでしょうな」

「まあ、それなりに」

鏡敬さんの整った顔に、薄い苦笑が浮かぶ。

日本の葬式は、ほとんどが仏式だ。当然の流れで、葬式にはお寺さんが呼ばれることが多くなる。それ自体は問題ないのだが、遺族の動揺や無知につけ込み、法外な読経料や戒名料などをお布施として要求するお寺さんも少なくない。「お布施はご遺族の気持ちであり、寺院側が強要することはない」という建て前ではあるが、金額に不満があると読経を半端なところでやめたり、参列者の前で遺族をなじったりするお寺さんもいるようだ。こうしたお寺さんを揶揄する言葉が「葬式坊主」である。

寺の経営を成り立たせるには、檀家の数が三〇〇必要と言われている。それを満たしている寺は少ないから、葬式で稼がなくてはいけないという事情はあるのだろう。でも葬式が減ったのは、こういう人たちにも原因がある気がする。

「ですが拙僧は、葬式坊主の存在はある程度許容すべきものと考えております」

意外な言葉だった。高屋敷さんも、珍しく興味深そうに問う。

「と、申しますと？」

「ご遺体を火葬にするだけの直葬は、あまりに味気ない。死者を弔った気がしません。それに葬式をあげてかなしむこと、いわゆるグリーフケアは、大切な人の死を受け入れるきっかけとなるのではないでしょうか。つまり死者の魂を弔い、その死を受け入れるために、葬式という儀式は不可欠なのです。そして、きちんとした葬式に僧は欠かせない。無論、ほとんどの僧がご遺族に寄り添ってお務めを果たしているのでしょうが、その中に葬式坊主が交じっていても致し方なし——それが拙僧の考えです」

もっともな理屈に聞こえるけれど、頷けない。直葬だって、やり方次第で弔うことも、死を受け入れることもできる。僕自身がそうだったのだから間違いない——なんてこと、葬儀屋が言うべきではないのだろうけれど。

でも、だからこそ「ざらり」の正体がなにか、ずっとわからないでいる。

高屋敷さんが言う。

「お坊さんとしては、おもしろいご意見だ」

「修行中の身で、しかもプロの葬儀屋さんに向かって、賢しらなことを申しました。ただ、ご遺族から法外なお布施を巻き上げることをよしとしているわけではありませんからね。その点は、誤解なさらないでください」

艶然と微笑み、鏡敬さんは紅茶に口をつけた。


「どうしてわざわざ鏡敬さんを呼び出したんですか」

カフェを出て鏡敬さんと別れるとすぐ、僕は高屋敷さんに訊ねた。鏡敬さんはなにも言わなかったけれど、内心では訝しく思ったに違いない。

高屋敷さんは足早に歩き出す。

「今日は直帰する。社長には、適当にごまかしておいてくれ」

「無茶を言わないでください！」

僕の抗議を無視して、高屋敷さんの大きな背中は人混みに紛れた。

4

二日が経ち、四月二〇日になった。ようやく今夜、美和子さんの通夜が行われる。

高屋敷さんは昨日は休み、今日は遅番なので、一昨日、カフェを出てから一度も顔を合わせていない。どうして鏡敬さんを呼び出したのか、わからないままだ。

午後になってから、餡子さんと一緒に福沢家に行った。周囲に街灯も民家も少ない福沢家は相変わらずひっそりと静まり返っていたが、今日はそこに葬式が始まる前の、独特の緊張感が加わっている。

通常、ご遺体の納棺は斎場で行う（斎場によっては納棺が禁止されているので、自社に寄って納棺してから斎場にお連れする）。しかし美和子さんの場合は、喪主の瑞穂さんが棺を用意しているし自宅に充分なスペースもあるので、納棺してから斎場にお連れする段取りになっていた。

しかし肝心の棺を見て、僕の思考は停止した。

「これが絶対神ゼロの棺です」

その棺を一言で表現するなら「宇宙」だった。

全体は、青地の布で覆（おお）われている。そこに金やら赤やら黄やら、けばけばしい色をした星のシールが貼られていた。天文学には詳しくないのでなんとも言えないが、たぶんシールの配置は星座とは関係がなく、完全にランダムだ。ここまでセンスの悪い布張棺には、この先もお目にかかることはないだろう。

うっかり感想を口にしてはなにを言われるかわからないので、黙々と納棺する。

ご遺体は、いくら丁寧に扱っても丁寧すぎるということはない。ご遺族が見ている前となればなおさらだ。わずかたりとも気を抜かず、丁寧に棺にお納めした。

途中で餡子さんが何度か眉間に薄くしわを寄せたのは、こんな棺はさすがに初めてだからだろうか。

「では、先にご遺体を斎場にお連れします。最後の打ち合わせをさせていただきますので、五時にはいらしてください」

瑞穂さんに告げ、Q斎場に移動した。社長と合流し、三人で通夜の準備を終えてしばらくすると、瑞穂さんが遺族控え室にやってきた。僕の隣には社長が待機している。

「なにかあったらヘルプする。あまり気負わないようにね」とかけてくれた言葉が、そのまま気負いになっていた。

本当は餡子さんが同席してくれるはずだったのだが、突然、「あの棺、もう一度眺めておきたいわ」と言い出し、ホールに残ってしまったのだ。あんな棺を眺めたくなるはずがない。瑞穂さんが面倒そうな人だから、関わりたくないだけだろう。

「改めまして、本日はよろしくお願いします」

瑞穂さんは丁寧にお辞儀した。この仕草だけなら年齢の割にしっかりした、常識人に見える。でも、

「とにかく祖母を『ゼロの棺』に入れて火葬してください。そうすれば、ほかはなにも望みません」

続く言葉は、相変わらずオカルトめいていた。返答に困っていると、遠慮がちなノッ

クの音がしてドアが開かれ、鏡敬さんが入ってきた。僕は戸惑いながら訊ねる。

「どうなさったんですか。打ち合わせには、まだ時間がありますが」

葬式が始まる前に、宗教者とも打ち合わせをする。それは式の開始だいたい三〇分前。今回の場合だと通夜開始が七時だから、六時半のはずだ。

「高屋敷さんから、早めに来るようお電話をいただいたのですが」

「高屋敷から?」

「そうだ」

どこにいたのか、鏡敬さんの後ろから高屋敷さんがのそりと現れ、鏡敬さんを押し込むようにして部屋に入りドアを閉めた。社長が、いつもより少しだけ厳しい声で言う。

「高屋敷さんは今日、事務所で電話番のはずですよね?」

「着信はスマホに転送される設定にしてあるのでお許しください、社長。しばしお時間を——さて、鏡敬さま。本日の葬式、思ったより参列者が多そうでしてな。つきましては、読経の時間を一時間にしていただきたい」

参列者はそんなに来ませんよ、と口にしかけた僕だったが、高屋敷さんに睨まれ、なにも言えなかった。鏡敬さんの視線が泳ぐ。

「一時間ですか?」

「左様。修行中とはいえ双麗宗の僧なら、それくらいの長さの経も読めるでしょう」

「いや、しかし……」

「もしかして読めませんか。まあ、そうでしょうな」

高屋敷さんの双眸が鋭さを増す。

「あなた——いや、お前は偽坊主なのだから」

偽坊主？

鏡敬さんは、整った顔を強ばらせ高屋敷さんを見上げる。高屋敷さんは、それを傲然と見下ろす。僕と社長、瑞穂さんの三人は、両者の対峙を見つめることしかできない。

そこに軽いノックがして、勢いよくドアが開かれた。「打ち合わせの途中、失礼しますわ」という一言とともに入ってきた餡子さんは、細い目を丸くして僕らを見回す。

「なんやねん、これ？　どういう状況なん？」

「きっかけは筆跡だった」

餡子さんを無視して、高屋敷さんは語り始める。

「名刺の裏に書かれた文字を見て、妙だと思ったのだ。お前の書いた文字はあまりに下手だった。優れた僧は、日々の営みすべてを修行と見なし、あらゆることに精進するもの。徳を積んだ僧の書いた文字は、ため息が出るほど美しい。しかしお前の筆跡は、浅ましい性根が滲み出たものだった。修行中だからと言って許されるレベルではない。

妙だと思った私は、お前をカフェに呼び出した。スケジュールを確認するとき、手帳を取り出したな。そこに書かれている文字を覗き見て確信したよ。長楽山先生や新実が言うような高僧であるはずがない、と」

高屋敷さんの言うとおり、鏡敬さんの字はお世辞にもきれいとは言えない――はっきり言えば下手だった。一昨日、名刺の裏に書かれた「仏の教え」に目を通したときは、戸惑ってしまった。でもそれだけで、こんな決めつけをしていいのか？

鏡敬さんも、困惑の面持ちだ。

「乱筆は不徳の致すところですが、それだけで偽坊主の誹りを受けるのは心外です」

「それだけではない。決定的だったのは、お前の出自だよ。双麗宗の総本山があるのはA県ではない、B県だ。誤解している者も多いが、A県にあるのは最大派閥ではあるものの、分派にすぎん。さらに双麗宗の関係者に確認したところ、お前のことなど誰も知らないと言っていた。あの宗派は秘密主義だから、聞き出すのに苦労したがな」

一昨日カフェを出た後、高屋敷さんは双麗宗の人に話を聞きにいっていたのか。

「挙げ句、長い経が読めないときている。これだけ証拠がそろっているのだ。まだ『双麗宗の僧である』と胸を張って言えるか？」

高屋敷さんに睨まれた鏡敬さんは困惑の面持ちのままだったが、しばらくしてから肩をすくめた。

「やれやれ。おそれ入りましたよ、高屋敷さん。たかだか筆跡から、そこまで見抜くとは。おっしゃるとおり。拙僧は……いや、私は、偽坊主です」

開き直ったのか、鏡敬さんの面持ちから困惑が消えた。口許には、艶然とした笑みまで浮かんでいる。僕の方が、顔をひきつらせてしまう。

「あんたは、僕たちを騙していたのか」

「悪気はなかったのですがね」

「騙しておいて、よくもそんな」

「悪気があったなら、ご老人の話し相手になったり、葬式の相談に明け方までつき合ったりすると思いますか？」

そうかもしれない、と一瞬思ってしまい言葉に詰まった。その隙を突くように、鏡敬さんは「でしょう？」と言葉を連ねてくる。

「自分で言うのもなんですが、私は博愛精神に充ちた、優しい男です。人のために尽くすことが好きですし、煩わしいと思ったことは一度もありません。その見返りに、葬式で坊主をやって少々お布施をいただいたところで罰は当たらないでしょう」

お布施の額は、地域性や檀家との関係性によって異なるので、一概にいくらとは言えない。でも、お経を読んだり、戒名をつけたりするだけで何十万もの金が転がり込んでくるのだから、単純に時給換算するとかなりの額になる。

この男が美和子さんが亡くなった後、近松兄妹に連絡したのは善意からじゃない。少しでも参列者を増やして葬式の規模を大きくして、お布施の上積みを要求するためだったんだ。

高屋敷さんが強い語調で言う。

「お前は葬式で荒稼ぎするため旅の僧を装（よそお）い、その地で暮らす人々の信頼を得ていたわけか」

「身も蓋（ふた）もない言い方をすれば、そういうことですね。檀家制度は有名無実化して、人々と寺の関係は希薄になっています。以前は葬式のとき読経を頼まないと墓に入れてくれない坊主もいましたが、最近は無宗教の共同墓地を選ぶ人も増えている。ご老人の目につくようボランティア活動をしていれば、いざ葬式のときに呼ばれるのは地元の坊さんではない、この私なのです。あなたは随分と食い下がったようですが、双麗宗は秘密主義だから、問い合わせても簡単には嘘がばれない。それでもばれそうになったら、次の街に旅立てばいいわけです」

「経はどこで覚えた？」

「私も昔はあなた方と同じ、葬儀屋だったのです。葬式をこなしているうちに、経が自然と耳に入って、空で言えるようになりました。戒名のつけ方も似たようなものですよ。もはや立派な僧です――というわけで、瑞穂さん」

唐突に話を振られ、瑞穂さんの肩がびくりと揺れる。

「どうでしょう？　このまま私に僧の役割を任せてもらえませんか？」

僕は鏡敬さんからかばうように、瑞穂さんの前に立った。

「得度（とくど）もしてない奴が読経するなんて、だめに決まってるだろう」

「ですが得度していない者が読経してはいけない、という決まりはないでしょう」

得度とは出家のことだ。宗派にもよるが、必ずしも「読経するのに得度していなくてはならない」と定められているわけではない。極論すれば、遺族が納得した人物であれば誰が読経しようと構わないのだ。

なにも言えずに奥歯を嚙みしめる僕を見て、鏡敬さんは厳かに一礼した。

「僧のふりをしたことは謝ります。ですが僧・鏡敬ではなく、私人・鏡敬一（かがみけいいち）としてお経をあげる分には問題ないでしょう」

「そんなの、騙されていた瑞穂さんが心情的に……」

「ですが瑞穂さんは、棺以外はこだわらないのでしょう？　それに通夜式の開始まで、もう時間がありませんよ。いまから新しい僧をさがして間に合うのですか？」

確かに、代わりのお寺さんをさがしている時間はない。いくら瑞穂さんが棺以外にはこだわらないとはいえ、仏式の葬式なのにお寺さんがいなかったら、香織さんがなにを言い出すかわからない。

「選択の余地がないことが、わかっていただけたようですね」

卑怯なことを言っているのに、鏡敬さん——いや、鏡の容姿は、威厳すら感じさせるほど美しかった。

「結構。それに信じてもらえないでしょうが、先日話した、死者の魂を弔い、その死を受け入れるため葬式は必要との気持ちに嘘偽りはございません。だから偽坊主なんてやっているのですよ。まあ、私も会社にいいように使われることなく、楽に稼ぎたい気持ちも――失礼、話が逸れましたね。とにかく瑞穂さん、あなたもよろしいですね？」

「私としては、『ゼロの棺』で送ってくださるのなら……」

「いや、瑞穂さん」

高屋敷さんは首を横に振ると、鏡の眼前に立って睨み下ろした。いまにも殴りかからんばかりの様相に、鏡が三歩後ずさる。高屋敷さんは四歩前に出ると、低く重たい声で告げた。

「失せろ。なんと言おうと、僧と偽った時点でお前に経をあげる資格はない。全国の葬儀屋組合に報告して、二度と僧を名乗れないようにしてやる」

「私がいなくなったら、美和子さんの葬式は――」

「失せろ」

低さと重さを増した声に、鏡は水面で空気を求める金魚のように口をぱくぱくさせたが、転がるように部屋から出ていった。瑞穂さんが、鏡が開けたままにしたドアを見つめて言う。

「少しかわいそうな気もします。祖母を始め、高齢者に尽くしてくれたのは事実なのに」

「それは表面だけのこと。奴は私利私欲のために、宗教を利用したのです。そんな輩に経を読ませては、故人さまに申し訳ない」

「そういう考え方もあるかもしれないけど……あの、お坊さんはどうするんですか？」

「そうですよ、高屋敷さん！」

僕は思わず叫んだ。掛け時計を見ると、五時半だった。いまから代わりのお寺さんをさがしても間に合わない。瑞穂さんがおずおずと言う。

「『ゼロの棺』が最優先とはいえ、やはりお葬式にお坊さんがいないというのは……延期していただくしか……」

延期……また延期……香織さんのつり上がった目を思い出してしまう。

僕と違って、社長に焦りはなかった。

「ここまでやったということは責任を取ってもらえるんでしょうね、高屋敷さん」

「そのつもりです、社長」

高屋敷さんは頷くとドアを閉め、右手で長めの髪を鷲（わし）づかみにした。

「この葬式、拙僧に任せていただきたい」

右手を下ろすのと同時に、髪——いや、鬘が取り払われる。

現れたのは、剃髪（ていはつ）した頭だった。

啞然とする僕と瑞穂さんに、社長は説明する。

「事態が事態ですから、すべてお話しします。高屋敷は、慈英（じえい）という名のお坊さんなのです。弊社で僧侶込みの葬式コースをご用意できないかと思い、スカウトしました。本人も承知で入社したはずなのですが、『いま現在、仏道に励んでいる者たちの方が尊い』と言い張り、これまで一度も葬儀でお坊さんの務めを果たしたことはありませんし、この話に触れること自体避けようとします。力仕事を一手に引き受けてくれるので、弊社に欠かせないスタッフではあるのですが」

僧侶込みの葬式コース。そういうものを用意している葬儀社もある。お坊さんを社員として雇い、お布施の額を割安に設定するのだ。払われたお布施は葬儀社の懐に入るので、儲けは大きい。ご遺族の方も、葬式坊主にぼったくられる心配がなくなる。

そういえばお坊さん社員は、なるべくご遺族に姿を見られないよう、裏方に回ることが多いと聞く。葬式の準備をしていた社員がお坊さんになって現れては、あらぬ誤解を招くからだろう。高屋敷さんがご遺族との折衝を避けていたのには、こんなわけがあったのか。

いま現在、仏道に励んでいる者たちの方が尊い――そう考えているなら、宗教を利用した鏡に怒りを露にしたことも理解できる。

「瑞穂さんさえよろしければ、慈英にお役目を務めさせていただけないでしょうか。わたくしどもの不手際でご迷惑をおかけしたのですから、お布施は一切いただきません」

「そういうことでしたら、私の方では一向に構いませんが」

「いいえ、社長。こちらから迷惑料をお支払いしなくてはならぬほどの失態です。駆け出しの新実はともかく、餡子さんならもっと早く鏡の正体を見抜くべきでした」

慈英となった高屋敷さんは、餡子さんに非難めいた視線を向ける。

でも、餡子さんを責めるのは酷だ。筆跡だけで鏡を怪しむことは不可能に近い。それに「双麗宗の総本山があるのはB県」という情報を得られたのも、秘密主義の双麗宗から鏡が在籍しているか聞き出せたのも、僧である高屋敷さんだからこそできたこと。ミステリーでたとえるなら、探偵が自分しか知りえない手がかりと情報で事件を解決したようなものじゃないか。

しかし餡子さんは、気恥ずかしそうに頭を掻いた。

「いやあ、堪忍や。ちょいと別のことに気を取られていたもんでな」

「なにに気を取られていたと？」

「喪主さまの目的や」

餡子さんの細い目が、瑞穂さんに向けられる。

「あなたはある目的のために、神さまをでっち上げたんやろ」

餡子さんがなにを言っているのか、意味がわからなかった。社長と高屋敷さんも同様らしく、そろって眉根を寄せている。

瑞穂さんは、厚めの唇を半開きにして首を傾げた。

「なんのことですか？」

「とぼけんでもええ。最初から、あなたがなにか企んどる気はしてました。それがなんなのかわからへんかったけど、思えば棺にだけ異様にこだわってたことがヒントだったんや。

先ほど故人さまを納棺するために棺の蓋を持ったとき、内側からかすかに音がしたんや。あの棺は布張棺で、板材の中は空洞になっとる。内側になにか隠して、その上からけったいな布を張ったんやろ。この作業をするために、絶対神ゼロなんて神さまを信じとるふりをして、『火葬は大罪』と繰り返し、自分で棺を用意することをウチらに納得させたんです。では、あなたはなにを隠したのか」

瑞穂さんは唇を半開きにしたまま、なにも言わない。

「新実から聞いたんやけど、あなたはウチの会社に生前相談に来はったそうですな。火葬しないで埋葬する方法を相談したそうやないですか。その少し前に美和子さんが風邪を引きはったんで、万が一に備えようと思ったんやろ。それはご遺体を燃やした後で本来なら出てこなければならないものが出てこないからではないか——そう閃いたとき、長楽山先生と近松兄妹の話を思い出しました。

長楽山先生は美和子さんについて、足腰に大きな問題はなかったと言うとりました。ところが近松兄妹によると、美和子さんは昔、右脚を骨折して膝に人工関節を入れたという。長楽山先生のことだから抜けとるだけかと思ったが、美和子さんのご遺体を拝見したところ、右膝に手術痕はありませんでした」

餡子さんが打ち合わせに付き添わずホールに残ったのは、棺とご遺体を調べるためだったのか。

「つまり、あの美和子さんは偽者。あなたが棺に隠したのは、本物の美和子さんだと偽装するのに不可欠のもの——人工関節」

美和子さんの膝に埋め込まれたのは、金属製の人工関節だという。火葬しても燃えずに残る。それがなければ、確かに美和子さんは偽者ということになる。

僕の方が餡子さんより先に気づくべきだった、と歯噛みする。

香織さんは、美和子さんが右膝に人工関節を埋め込み、杖なしで歩くのは大変そうだったと言っていた。でも僕は、左手で杖をつく美和子さんを見ているじゃないか。右膝に人工関節を埋め込んで歩くのが大変だったら、杖は右手に持っていたはず……うん？待てよ？

「だめですよ、餡子さん。お骨を見れば、人工関節が膝に埋め込まれてなかったことは一目でわかります」

火葬後のお骨は、大抵、納棺したときの姿勢を保っている。人工関節が膝の位置にないことは一目瞭然だ。棺に隠したところで意味がない。

「もちろんや。そやから、棺に隠したもんがもう一つある。人工関節が膝になかったことをごまかすためには、お骨を爆風で吹き飛ばせばええ。よって、もう一つの隠されたもんは爆発を起こすためのもの——ペースメーカー」

ご遺体に埋め込まれている場合、死後の処置のときに必ず抜いておく医療機器——それがペースメーカーだ。

そんなものが棺の内側にあったら……爆発する、確実に。俄には信じられなかったが、瑞穂さんは半開きにしていた唇をきつく嚙みしめ、餡子さんを睨みつけていた。

「人工関節がないことを隠すには、火葬しないことが理想や。でもQ市では火葬以外の埋葬は認められとらんし、なにより美和子さん——まあ、偽者だったわけやが、とにかく彼女が智史さんと同じ墓に入ることを望んどった。火葬するしかありません。せめて直葬にすれば、近松兄妹を呼ばずに済んだ。後で納骨をお願いするときには、骨壺なり納骨袋なりに入れて、人工関節がないことを気づかれないようにすればええ。

ところが鏡が連絡したせいで近松兄妹が来て、葬式をあげることになってしもうた。このままでは偽者だとばれてしまいます。それを防ぐための窮余の策が、ペースメーカーだったんや。火葬中、ペースメーカーは爆発し、お骨が飛び散る。そのどさくさで人工関節がお骨に混ざる。そうすれば偽者だとばれない。

副葬品にペースメーカーを紛れさせることも考えたかもしれませんが、事前にチェックされたらおしまいや。それから、ご遺体を自宅に安置したのは、ペースメーカーや右膝に手術痕がないことに気づかれんようにするためやな」

瑞穂さんが、唇をさらに強く嚙みしめる。

「偽の美和子さんが急に亡くなって、パニックになってるときに企てたにしては上策でした。さりげなく『おばあちゃんは心臓が悪かった』と強調したのも効果的やった。長楽山先生は医療過誤寸前の失敗を何度もしでかしてるから、ペースメーカーの抜き忘れはありえそうなことや。ペースメーカーを利用している患者さんは定期検診を受けなあかんし、手帳も交付されるけど、それについては協力してくれる医者に心当たりがあったんやろ。近松兄妹が最後に美和子さんに会ったのは随分と前やから、ご遺体の顔を見られても問題ない。もし記憶と違っても、加齢による変化だと思われる。たいした度胸ですわ。

強いて失敗をあげるとすれば、葬式を延期したことやな。ペースメーカーと人工関節を入手したり、医者の協力を取りつけたりするのに、思いのほか時間がかかったんやないか。それと、絶対神ゼロなんて神さまを考えたなら、棺以外にもこだわった方が説得力はあった。もっとも、そんな余裕はなかったんやろうが」

反論の糸口が見つからないのだろう、瑞穂さんは唇を嚙みしめたままだ。

近年、体内に埋め込む医療機器はどんどん軽量化されている。実用化当初は何百グラムもあったらしいペースメーカーも、現在では二〇グラム前後だ。人工関節だって、金属製でも相当軽いはず。そんなものが立てた音を拾うなんて。僕だって餡子さんと同じように棺を持ったのに、全然気づかなかった。納棺のとき、餡子さんが何度か眉間に薄くしわを寄せていたのは、この音を聞き取っていたからに違いない。

餡子さんは僕に、この葬式を押しつけていたわけじゃない。瑞穂さんの目的を見破ることに、集中していたんだ。

社長が腕組みをして苦笑する。

「偽の美和子さんの脚には、人工関節がなかったのか。生前相談のとき歩いているところを見たのに、全然気づかなかった」

社長が腕組みをするのを見るのは初めてなので、なんだか新鮮だった。

高屋敷さんの方は、神妙な顔をしている。

「すまなかった。餡子さんは餡子さんで、偽者の正体を追っていたのか。そちらに気を取られていなければ、筆跡を見ただけで鏡が偽坊主と見抜いていただろうな」

「いや、それだけでわかるのはあんたくらいや。それに美和子さんが偽者だと気づいたのは、本当についさっきやさかい……」

「偽者偽者って決めつけないでください。全部、餡子さんの想像じゃないですか」

ようやく言葉を発した瑞穂さんだったが、悪あがきにすぎないのは明らかだった。

「ほな、棺を分解させてもらいましょか」

「そんなこと、ゼロにおそれ多くてできません」

「でも中から妙な音がするんや。まずいもんが入っていたら困るさかい、調べさせてもらえまへんか?」

瑞穂さんの額には、玉のような汗が浮かんでいる。餡子さんはそれを見て取ると、室外に向かって呼びかけた。

「入ってくれてかまへんで」

ドアが開き、近松兄妹が入ってくる。

「僕には信じられないけど、美和子ちゃんは——」

「なにが目的か知らないけど、悪ふざけにもほどがある。本物の美和子ちゃんはどこ？」

　譲さんが言い終えるのを待たず、香織さんがせき立てるように言った。瑞穂さんは俯き、口を閉ざしてしまう。その眼前に、高屋敷さんが立った。

　そうだ。高屋敷さんは宗教を利用した鏡に、怒りを露にしたのだ。瑞穂さんにも……。瑞穂さんが脅えたように後ずさる。僕が慌てて間に入る前に、高屋敷さんは言った。

「なにか事情があるのではありませんか。あなたが宗教を利用したのは事実。が、私利私欲のためにやったとは思えません。どうか話していただきたい」

　高屋敷さんの声はいつもどおり低いけれど、少しだけやわらかかった。瑞穂さんは唇を微かに震わせ黙っていたが、意を決したように香織さんたちに顔を向け話し始める。

「棺に横たわっているのは、美和子さんがあなた方の家を出た後に身を寄せた、美和子さんの姉です。名前は福沢今日子（きょうこ）。私の実の祖母。本物の美和子さんは、三年前に病気で亡くなりました」

　今日子さんのもとに身を寄せた後、美和子さんは智史さんの話を不自然なほどしなかった。今日子さんと瑞穂さんも、訊ねることはなかった。そのまま何年かすぎたところで、智史さんが入院したという噂が流れてきた。すると美和子さんは、今度は逆に智史さんとの思い出を語るようになった。その末に、今日子さんに頼んできた。

自分の代わりに智史さんに手紙を書いてほしい、と。

「入院中の智史さんを勇気づけたい一方で、結婚に踏み切ってくれなかった相手に手紙を書くことにどうしても抵抗があったみたいです。だから今日子――私の祖母にお願いした。結婚したことにしたのは、智史さんを安心させるためです」

今日子さんが代筆した手紙に智史さんから返事が来ると、美和子さんは照れつつも喜び、今日子さんにまた手紙を書くよう頼んだ。今日子さんは従いつつも、「なんで私が」と嫌そうにしていた。それが何度も繰り返された。

瑞穂さんは「おばあちゃんが妙なことをやらされている」と気の毒に思っていた――今日子さんが自分の部屋で、智史さんからの何度目かの返事を愛おしそうに撫でているところを見るまでは。

「びっくりしたけど、納得はしました。祖母は、夫とも息子夫婦とも――私にとっては祖父と両親になりますが――不仲で、家族の中で孤立していました。三人が事故死してからは人づき合いをすることなく、私と二人で生きてきました。そんな祖母にとって智史さんとの文通は、特別なものになっていったのでしょう。そのこと自体は微笑ましいと思っていたのですが……本物の美和子さんが亡くなってから昔なじみの医者に頼み込んで、自分の死亡届を出してしまって……」

かくして戸籍上、「福沢今日子」は死亡し、今日子さんが「福沢美和子」となった。

「私がこのことを知ったのは、美和子さんが亡くなってしばらくしてからです。びっくりして、すぐ警察に行くように言いました。でも祖母はのらりくらりとかわして、本物の美和子さんのふりをして文通を続けました。楽しそうに手紙を書いている祖母を見ていたら、もうなにも言えなくなってしまって……美和子さんの方が高い年金をもらっていたから、受給し続けて、私にお金を残したい気持ちもあったみたいですし……」

近松兄妹から智史さんの死を知らされても、葬儀に参列できなかったわけだ。

「智史さんが亡くなったと知ってから、ご遺族が訪ねてくるかもしれないと思って急いで引っ越しました。祖母が亡くなったとき、正直に話そうか迷ったんですよ。でも祖母が智史さんの用意したお墓に入りたがったのは、私に負担をかけたくないことだけが理由ではないかもしれない。智史さんの傍で眠りたいとも思っていたのかもしれない。そう考えると、望みどおり福沢美和子さんとして火葬してあげたくなったんです」

おばあちゃんのためにできることはそれくらいしかないし、という呟きが挟まれる。

「でも人工関節がないことが心配でした。祖母は、智史さんと同じお墓に入ることになっても『なんとかごまかせるでしょ』と気楽なものでしたけど、私はそこまで楽観的になれなくて、必死に頭を捻りました。思いついた方法は、餡子さんの言ったとおりです。死亡届を偽装した医者も、ペースメーカーを使っていたことにすると言ってくれました。ペースメーカーが爆発したら祖母の身体が傷つくことになるけど、それについては我慢してもらうしかないと思って……申し訳ありませんでした。これでもう、祖母を智史さんと同じ墓に入れてあげるわけには……いきませんよね」

上目遣いにうかがう瑞穂さんに、譲さんは荒々しいため息をついた。

「当たり前だよ。おじいちゃんと一面識もない女性を、一緒の墓には入れられない。おじいちゃんだって嫌がるに決まってる」

「ドイツの哲学者ニーチェは、こんな格言を残しとります」

餡子さんが話の流れを完全に無視して、いきなり言った。

「『葬式は、故人の遺志を慮（おもんぱか）るのに最善の場である』」

この人は時折、こんな風に葬式にまつわる格言を持ち出すことがある。でもどんなに調べても、哲学者たちがそんな格言を残したという記録は見つからない。「箔（はく）をつけるために哲学者の名前を使っているだけで、本当は餡子さんが自分で考えたんじゃないですか」と何度も問いただしているが、その度にはぐらかされている。

とはいえ、この怪しい格言がご遺族を動かすところを、僕は目の当たりにしてきた。

譲さんが、餡子さんに噛みつくように言う。

「こんなときになにを言い出すんですか、葬儀屋さん？」

「……今日子さんを、おじいちゃんと同じお墓に入れてあげよう」

譲さんとは正反対の静かな声で、香織さんは言った。譲さんが驚いた顔をする。

「今日子さんは美和子ちゃんのふりをして、僕たちを騙してたんだぞ」

「私と兄さんは確かに騙された。でもおじいちゃんは、手紙を書いているのが本物の美和子ちゃんではないことに気づいていたんじゃないかな。だから亡くなる直前、私が美和子ちゃんを連れてこようとしたら、あんなに怒ったんだよ」

　そのときのことを思い出しているのか、譲さんの視線が宙をさまよう。

「確かに……おじいちゃんが怒鳴るなんて初めてで、らしくないとは思ったけど……」

「でしょ？　きっとおじいちゃんは、美和子ちゃんに会ったら偽物だという現実を見ることになるとわかっていた。なのに手紙のやり取りを続けて、会いにいくのを励みにして、ずっとリハビリしてたんだよ。恩人だよ。だから一緒のお墓に入れてあげようよ。おじいちゃんも、きっとそれを望んでるよ」

「そんなこと言われても信じられないし、確かめようが――」

「私からもお願いします！」

　瑞穂さんが、譲さんを遮って言う。

「騙しておきながらおこがましいことはわかってます。でも、祖母が――今日子が智史さんの支えになったのなら、一緒のお墓に入れてあげてください。それが祖母の願いだったんだと思います」

　瑞穂さんの肩は、小刻みに震えていた。それを見て、はっとする。

　僕と同じだ。

　祖母を直葬で送り、遺影に両手を合わせようとしたときの僕と。

　あのときの感情がまざまざと蘇る。僕は祖母になにもしてあげられなかったけれど、瑞穂さんは……。

ふらふらと、身体が譲さんへと引き寄せられていく。

——僕からもお願いします。智史さんと同じお墓に入れてあげてください。

そう口にしようとする寸前、ジャケットの袖を引かれた。振り返ると、餡子さんと目が合った。餡子さんはなにも言わず、ただ首を横に振る。

そうだ。葬式は、ご遺族のものなんだ。当然、葬式が終わった後のことも。

頷いた僕は口を閉ざし、瑞穂さんたちに視線を戻す。

瑞穂さんと香織さんに見つめられた譲さんは、長い息を吐き出して言った。

「わかったよ」

女性二人の顔が、そろって笑み崩れていく。それを見た譲さんは、苦笑しつつ続ける。

「その代わり、香織は僕と一緒に父さんたちを説得すること。それから、本物の美和子ちゃんのお骨もおじいちゃんの墓に入れること。おばあちゃんはいい気はしないかもしれないけどね」

「ありがとうございます。本当に——本当に——あ、でも」

何度も頭を下げていた瑞穂さんが、僕らの方にうかがうように目を向ける。

「私が用意した棺は使えないから、葬式は、やっぱり延期していただかないと……」

「棺なら会社に予備のがありますわ。いまから取りに戻れば、余裕で間に合いまっせ」

餡子さんは、満面の笑みを浮かべている。

「せっかくのおばあさまの旅立ちなんです。最高級の天然木棺にしてはどうや？　お坊さんはウチの高屋敷がタダでやるんでお金が浮くさかい、ちょいと贅沢しまへんか？」

これがなければな、この人は。でも瑞穂さんは、即答した。

「お願いします！」

5

翌日の午後。告別式を済ませ、火葬を終えてから。

「一つだけ、教えていただけませんか」

骨壺を抱えて斎場を出た瑞穂さんを、僕は呼びとめた。

「近松兄妹が来る前に直葬を強行して、『智史さんと一緒のお墓に入れてください』と交渉する手もあったはずです。鏡が言ったとおり難色は示されるでしょうが、あんな芝居をするより楽だったと思います。どうしてそうしなかったんです？」

瑞穂さんの厚い唇が震え出す。

「本当の美和子さんじゃなくても、祖母のために来てくれるんだから……その方が、祖母もうれしいと思って……」

言葉の途中で、瑞穂さんの目から涙がこぼれ落ちた。通夜でも告別式でも、あんなに泣いていたのに。僕は頭を下げる。

「余計なことを聞いて失礼しました。それから、ありがとうございました」

「え？　まあ、その……こちらこそ……」

僕のお礼に戸惑いつつ、瑞穂さんは頭を下げて、譲さんが用意した車に乗り込んだ。一度家に戻って準備をしてから、死亡届の偽造と年金の不正受給の件で警察に行くのだという。今日子さんも瑞穂さんも不正受給した年金には一切手をつけてないそうだから、そんなに大きな罪には問われないかもしれない。

発進した車が見えなくなってから、僕は空を見上げた。宝石のように輝く青が、どこまでも広がっている。

「ざらり」がなんなのかは、まだわからないままだ。でも僕だって祖母が死んだとき、瑞穂さんと同じように声を震わせ、同じように泣いた。なにも変わらない。

だから「ざらり」がなんなのかも、きっとわかる。

ちょっと胡散くさいけれどすごい葬儀屋の餡子さんについていけば、いつの日か。

広げた右手を空に伸ばす。

差し当たって僕にできることは、思うような字を書けるように、ペンダコができるくらい必死に練習すること。葬式の勉強だって、もっとしないと。

「そうしたら社長に怒られることが、少しは減るかな」

息子の葬式

1

冷房が効いているものの、真夏の炉室（ろしつ）は蒸し暑かった。使用中の火葬炉を小窓から覗くと、なおさらそう感じる。

同僚たちからは「わざわざ覗かなくても、モニタで見ればいいでしょう」とよく言われる。西野壱平（にしのいっぺい）に至ってはなにを勘違いしたのか、「モニタの使い方、よろしければ俺が教えましょうか」などと言ってきた。

確かに炉の内部にはカメラが設置されているから、ご遺体の状態は、モニタを通して確認できる。小窓から覗き見ることにはなんのメリットもない。むしろ、ペースメーカーが紛れたりしていたら爆発の危険があるのでデメリットの方が大きい。

この職場でも、小窓から確認する職員は私だけだ。

数十分後。もう一度、小窓を覗き見る。ご遺体は完全に焼け、お骨のみになっていた。

ボタンを押して火を消す。間(あいだ)を置いて熱が冷めるのを待ってから、炉の蓋を開ける。なんの飾りけもなくなった無防備なご遺体。その姿を脳裏に焼きつけ、手を合わせていると、内線電話がかかってきた。

「ご遺族のみなさま、ロビーにそろいましたで」

「わかりました」

受話器を置く。あとはお骨を炉から出し、「ご遺族さまは炉前までお進みください」と場内アナウンスをすれば、私の仕事は完了だ。

市内最大の斎場であるQ斎場は、最新鋭の設備が整っている。職員の待遇は公務員で、人数も多い。

片や、私の職場であるセレモニアQは「アウトソーシング」のきれいごとのもと、行政が民間会社に、低予算で運営を委託している。ホールと火葬場が一体となっているから忙しいのに、職員の給料は安く、人数も少ない。寒さで死亡者が増える真冬にはホールの運営業務だけで手一杯になり、ご遺族と葬儀屋に頭を下げ、火葬の時間を遅らせてもらうこともあるくらいだ。

夏は比較的暇だが、猛暑となった昨年は熱中症で亡くなる高齢者が続出し、臨時でアルバイトを雇わなくてはならないほどだった。ただし予算は、Q斎場の半分以下。大学生に支払う程度の時給しか提示できず、求人広告を出しても申し込みは少なかった。

　一方で、妙な営業努力を求められており、エントランスには棺や骨壺を並べた売店が併設されている。売り上げの一部は行政に還元する契約だが、まるで繁盛していない。担当者からは「営業努力が足りない」と、しょっちゅうどやされている。葬式の参列者が「私もそろそろ骨壺を買っておこうかな」などと列をつくるとでも思っているのか。

　上の方針に不満をあげればきりがない。それでも私は、この職場を離れるわけにはいかない。火葬炉の中で焼け落ちる人間の肉体を、直接この目に映さなくてはならない。

　それが、私が心に刻むべき十字架だからだ。

「じゃあ、副島（そえじま）さん。今夜はよろしくっす」

　事務室で麦茶を飲んでいると、西野はジャケットの袖に腕を通しながら、私に軽く頭を下げた。目上の者に対する態度ではないが、ここは私が大人にならなくては。しかし樋口（ひぐち）が、きつい口調で言った。

「そのチャラチャラした態度はなんだよ。もっとちゃんと副島さんにお礼を言えよ」

「そうですね。すみません」

　西野が小さく舌を出す。どんよりした雰囲気の樋口とは対照的に、西野はいつもあっけらかんとしている。

　西野はジャケットの袖に腕を通し終えてから、改めて私に頭を下げた。

「申し訳ございませんでした、副島さん。どうぞよろしくお願い致します」

「ああ、構わんよ」

セレモニアQでは「ホールで通夜をすごすご遺族が心細くないように」という配慮から、宿直の職員が置かれている（というより、置くように行政から命じられている）。

今夜の宿直は西野だったが、私に交代を頼んできた。半年前にこの斎場に就職した西野は、やたら宿直を避けたがる。「人間が不死身にならないかぎりなくならない仕事だから就職したのに、なんで徹夜しないといけないんだ」とでも思っているのかもしれない。そういう若手は、これまでにも何人かいた。

「副島さんはおおらかだから許してくれたけど、ほかの人だったらこうはいかないぞ」

樋口はぶつぶつ言っているが、今夜に関しては西野より私が宿直の方がいい。

今夜、当斎場を利用するご遺族は一組だけだ。そのご遺族が送るのは、交通事故で世を去った少年、御堂隼人（みどうはやと）。彼の葬式を巡って、一悶着（ひともんちゃく）あったのだ。

報道と、斎場に出入りしている業者から聞いた話を総合すると、こんな経緯があったらしい。

隼人の死が最初に報じられたのは、一週間前の七月一三日である。ボールを追って飛び出したところを、車に轢（ひ）かれたのだ。まだ七歳だった。

よく晴れ渡った日の午後二時、交通量が多いとはいえ、現場は見通しのよい道路。しかし突如茂みから現れた少年に、運転手はどうすることもできなかった。故人が幼かったからか、遺族の心情に配慮したからか、事故の詳細が報じられることはなかった。ここまでは、痛ましくはあるが珍しい話ではなかった。

しかし隼人の父・克已が与党に所属する政治家であることが、話をややこしくした。

克已は、マスコミの無礼な質問や、野党の揚げ足取りに似た批判にも冷静かつ筋道立てて反論する政治家で、若者の間で「論理マシーン」「氷の克ちゃん」などと言われ人気が高い。まだ当選二回の若手だが、いずれは党の重職に就くと目されている。そんな注目の人物の息子なのに、事故の状況はおろか、隼人の顔写真すら報じられない。

このことが無用の憶測を呼び、「運転手はドラッグでハイになっていた」だの、「少年は御堂議員に虐待されていて、本当は自殺だった」だの、「事故の直前、背が高くて髪の長い、怪しげな女が目撃されている」だのといった無責任な噂が流れることとなった。事故から三日後、警察が事件性なしと結論づけてからも、噂は収まらなかった。

その一因は、与党にもある。「党として援助し、御堂隼人くんの葬式を大々的に執り行う」と発表したからだ。

現在、与党は次の選挙に向けて「子どもを大切にする党」というイメージづくりに躍起になっている。隼人の葬式を援助するのは、その一環としか思えなかった。

あからさまなやり口に、「子どもを政治利用するな」という批判の声が殺到した。克已が「冠婚葬祭に金をかける必要はないと思っているから自分たちは結婚式をあげなかったし、死んだら直葬にしてもらいたい」とかつてインタビューで語っていたことも、それに拍車をかけた。

一方で、称賛の声も少なからず寄せられたようだ。

いずれにせよ、世間の関心を一層集める結果になったことは間違いない。

克巳の妻・真由（まゆ）は、当然この状況を嫌がり、夫婦だけで隼人を送る家族葬を希望した。対して克巳は、党の意向に沿って大々的に葬式をあげると主張。「隼人はたくさんの人に送られてうれしいだろうし、党のイメージアップにもつながる。メリットの方が大きい」と冷静に言ってのけたらしい。

夫婦間の話し合いは折り合いがつかず、火葬執行の日程がなかなか決まらなかったが、真由は政治家の妻という立場上、あまり強くは言えなかったようだ。最後には、大々的な葬式をあげることを受け入れた。

ただし、「通夜の前夜から、隼人と一緒にセレモニアQの霊安室にいたい。夜の一〇時までは二人きりにしてほしい」という条件を出して。克巳とて隼人の傍にいたいに違いないが、真由の言葉を聞き入れたのだった。


現在、霊安室では、隼人の棺に真由が寄り添っている。変則的だが、ご遺体は明日、Q斎場に移され、大々的な葬儀が行われる手筈だ。

真由が納得したとは思えない。こらえ切れず、ヒステリックに暴れ出さないともかぎらない。今夜は、そういった事態に対処する心構えをして当直に臨（のぞ）むつもりだった。

ちなみに、隼人の葬儀を担当するのは新興の葬儀屋である。党幹部の身内で、克巳はこの業者に依頼するよう指示されたらしい。それで優秀なら構わないのだが、大きな葬儀をお世話した経験はないらしく、なにかと手際が悪い。以前、別の葬儀でご遺体を運ぶとき、私が傍で見ているにもかかわらず、「せーの」「よいしょ」だのと掛け声を上げ、荷物扱いしていたこともあった。

この仕事をなんだと思っているんだ、と説教しそうになった。

大きなトラブルもなく、一日の業務が終わった。特筆すべきことと言えば、鍵の落とし物が届けられたことくらいか。

同僚が全員帰った事務室で夕刊を読む。Q市立病院のスキャンダルが大きく取り上げられている。この一年間で犯した七件の医療ミスを隠蔽していたらしい。己の失態をひた隠しにするとは情けない。有識者が「隠蔽の噂は以前からあった。そうではないかと思っていた」とコメントしているが、ならば行動を起こせばよかっただろうに。率直にミスを公表する長楽山病院の方が、はるかにプロ意識が高い。

最後のページに掲載されている猫の写真を見て心を和ませてから新聞を畳み、掛け時計を見上げた。午後八時二八分。秒針の音がいつもより大きく聞こえるくらい、静かな夜だった。いまのところ真由はおとなしいが、用心に越したことはない。

一つ頷いた瞬間、獣の咆哮を思わせる絶叫が霊安室から響いてきた。急いで事務室を出た私は、用心のためドアの鍵を閉めてから霊安室に行く。

霊安室の中は、天井の明かりが消されて薄暗かった。光源は、簡易祭壇に飾られた蠟燭型の電球のみ。部屋の中央では、真由が膝をついていた。その前に設置された台座の上には、子ども用の小さな棺がある。蓋が下の方にずれているので、胸部から上が目に飛び込んでくる。

棺の中の少年は、藍色のタートルネックのセーターを着ていた。真夏に場違いだが、真由は葬儀屋に「息子のお気に入りだったから着せてあげたいんです」と言っていたらしい。そのことを思い出しながら、視線を首から上へと這わせる。

初めて見る隼人は、死化粧で顔が白く染まっていることを除けば、まるで眠っているようだった。

性別も年齢も違うのに、佳那子の遺体と較べてしまう。

「隼人……どうして？　どうして起きてくれないの？」

真由の声で、現実に引き戻された。

「真由さん。しっかりなさってください」

強い声で言う。第三者が同じ部屋にいることを認識すれば、いつまでも半狂乱ではいられないものだ。

私自身が、そうだった。

果たして、真由はすすり泣いてはいるものの静かになった。安堵した私は、なんとはなしに室内を見回し、ふと、違和感を覚えた。

なんだろう、これは。あるべきところに、あるべきものがないような。本来の姿をeだとしたら、形が似ているcになっているような。

もう一度、ゆっくり室内を見回す。おかしなところがあるとは思えないが……。

「なにかありましたら、いつでもお呼びください」

違和感を振り払って言い、霊安室を出ようとしたところで「待ってください」と呼びとめられた。

「あなた、お名前は？」

「副島です」

「そうですか。副島さん……副島さん……副島さん……」

真由は力のない声で三度呟いてから、私に顔を向ける。目の下にはクマが刻まれ、頬はげっそりこけていた。目を逸らしそうになるのをこらえていると、真由は震える指でスマホを操作し、差し出してきた。ディスプレイに映っているのは、猫をだっこしている隼人の動画だ。そこに、男の子が三人駆け寄ってくる。

〈その猫どうしたの？〉

〈犬に吠えられてたから助けた〉

〈すごい、隼人！〉

〈かっこいい！〉

真由の骨張った指がディスプレイをタップすると、隼人の動きがとまった。いま棺の中にいる少年とは、別人のような笑顔で。

「三人とも、隼人と同じ学級(クラス)の子どもたちです。隼人がどう思われていたか、よくわかるでしょう?」

全員、同い年だったのか。隼人は三人に較べて、ずば抜けて背が低い。棺に入っているのでわからなかったが、七歳児にしては小柄だったようだ。

「隼人は、自分が大切にしているおもちゃを小さな子に貸してあげたり、泣いている子がいたら慰めてあげたり、とにかく優しかった。そんな子が、車に轢かれて死んでしまったんです。それだけでもかわいそうなのに、大人の都合で無理やり大きなお葬式をあげられそうになってるんです。副島さんは、こんなことが許されると思いますか」

「私は、ただの斎場職員ですので」

毒にも薬にもならない言葉で逃げて霊安室を出た。廊下で隼人の棺に向かって手を合わせてから、事務室に戻る。ドアを閉めると、自然、佳那子のことが思い浮かんだ。

息子を事故で失い、望まぬ送り方を強いられる真由をあわれむ気持ちはある。

一方で、隼人が佳那子ほどかわいそうだとは思えないでいる、身勝手な自分もいた。

隼人の顔には傷がなかった。車に轢かれたというからそれなりの損傷はあったはずだし、夏でご遺体が傷みやすいから、エンバーミングされていることは間違いない。

ご遺体に防腐処理を施し、場合によっては修復することをエンバーミングという。一九世紀にアメリカで南北戦争が勃発した際、戦死者の亡(な)き骸(がら)をきれいな状態に保ったまま故郷に運搬するため発展した技術だ。国土の狭い我が国では不要と思われていたが、「故人と少しでも長く最後の時間をすごしたい」「できるだけきれいな状態にしてから送ってあげたい」などの声から需要が高まり、少しずつ普及していった。

隼人と違って佳那子は、エンバーミングのしようがなかった。炎に巻かれ、焼け焦げて死んだからだ。まだ一四歳だったのに。

責任は、私にある。

この仕事に就く前、私は売れない役者だった。自分でも演技が決してうまくない自覚はあったが、やめどきを見失ってしまった。愛想を尽かした妻は、佳那子を置いて男と逃げた。

私は佳那子にとって、唯一の家族となった。

この子のために真っ当な仕事に就くべきかもしれない。そう思って「パパ、佳那子のためにに役者をやめようと思うんだ」と口にする度に、佳那子は首を横に振って言った。「そんなのだめだよ。役者をやってるパパはかっこいいんだから」と。

自分が「佳那子のためにやめる」と言えば、引きとめてくれることはわかっていた。役者を続ける口実に、自分の子どもを使っていたのだ。

どうしようもない父親だ。

ずるずるとぬるま湯に浸かったような生活を続けていた、冬の夜。

佳那子と交わした「今夜は早く帰るからね」という約束を、私は破った。後輩と飲んでいるうちに、つい盛り上がってしまったのだ。自分がなにか高尚な人物になったと錯覚し、売れている役者ばかりに注目する大衆と文化を危惧する、憂国の士を気取っていた。消防車のサイレン音が聞こえたが、「うるせえな」と毒づいただけだった。

本当に、どうしようもない父親だ。

帰宅すると、アパートが全焼していた。

火元は我が家の台所。警察の調べによると、夜食をつくろうとした佳那子の服にガスコンロの火が燃え移り、延焼したと見られるという。

佳那子に夜食をとる習慣などなかった。私のために、つくろうとしたに違いない。

自分で「見せてほしい」と警察に頼み込んだのに、墨汁を塗りたくったように黒く焦げ、骨や歯が剝き出しになった焼死体を見せられ「娘さんです」と言われても、理解することを脳が拒んだ。ようやく受け入れられたのは安普請のアパートに移り、殺風景な部屋での一人暮らしに慣れてからだった。

受け入れる前までは炊事洗濯をちゃんとしていたが、受け入れた途端、なにもする気力がなくなった。役者の世界とも縁を切り、ただ寝て起きるだけの日々をすごした。NPOから「二度と悲劇を繰り返さないため、火事のおそろしさを伝える会合で話してくれませんか」と再三依頼されたが断った。とても人前で話せる気がしなかった。

ただでさえ少なかった貯金は、瞬く間に減っていった。このまま飢え死にしても構わないと思っていたはずなのに、ある日の夕方、畳に仰向けになっていると、自治体が流す『夕焼け小焼け』のチャイムをかき消すくらい大きく腹が鳴った。

飢え死にしたくない。

その瞬間、突然その思いが湧き上がり、衝動的にスマホで求人サイトにアクセスした。目についたのが、火葬執行の担当者だった。

炎に包まれ、焼けていくご遺体。それを見ていれば、佳那子の苦しみを、自分のあやまちを、いつまでも忘れずに済む。私は、自分と佳那子のために、故人を火葬しなくてはならない。たとえ佳那子が、そんなことを望んでいなかったとしても。

そう判断し、セレモニアQに就職して早一〇年。

ずっと心に十字架を刻んでいる。


時刻は午後九時半になろうとしている。

あれから、真由は静かだ。絶叫が激しかっただけに、反動は無気味なほどだった。

後で見回りのふりをして、真由に声をかけてみようか。そういうことができるのも、経験を積み重ねてきた自分ならではだと思う。

事務室のドアがノックされた。快活さすら感じさせる、やけに小気味よい音だった。

「はい」

「副島さん。大変なんです」

真由の声だ。急いでドアを開ける。

「どうなさいました？」

「息子が、消えてしまったんです」

2

「泣き疲れて、ほんの少しうつらうつらしていたんです。そんなに長いことじゃありませんよ。せいぜい、一〇分くらいだったと思います」

棺の蓋は先ほどよりも下にずれ、中は空になっていた。それを見下ろす私の後ろで、真由は感情のない声で語る。

「蓋が動く気配がしたので目を開けたら、棺が空になっていたんです。今夜、この斎場には私と副島さんしかいませんよね。そして副島さんは、事務室にいた。ということは、隼人は連れ去られたわけではありません。自分の意思で棺から出て、消えたということです。そんなことをしたのはなぜかって？　もちろん、党主導のお葬式が嫌だからですよ。政治家に利用されたくないんですよ」

視線を、棺から真由へ移す。

「もう、隼人ってば。でも仕方ないよね。ママがなんとかしてあげるからね」

感情も抑揚もなく言葉が続けられる。無論、真由の言い分を信じられるはずがない。

隠したんだ、息子の遺体を。

夫を翻意させることをあきらめた真由は、納得したふりをして、遺体を隠すことを思いついた。夫に観念させ、家族葬にすると約束させた後で、隠し場所から戻す。あたかも、隼人本人が喜んで出てきたように装って。

浅はかだ。うまくいくはずがない。しかし、

「副島さんも、夫に言ってくださいね。隼人は自分の意思でいなくなったって」

感情の失せた声で呼びかけてくる真由を見ていると、なにも言えなかった。

真由は最後の夜をすごすにあたって、市内の斎場を見学して回ったと聞く。その中から、このセレモニアQを選んだ。なぜ葬儀が行われるQ斎場ではなく、わざわざ別の場所を選んだのか不思議だったが、それはこの場所が、遺体を隠すのに好都合な条件がそろっているからではないか。

だとしたら、隠し場所はかぎられている。

室内を見回す。簡易祭壇、棺を置く台座、パイプ椅子二脚、畳スペースに置かれた布団三組と座布団六枚、それから卓袱台。あるのは、それくらいだった。七歳児にしては小柄とはいえ、人間を一人隠せるとしたら祭壇か台座の下か。胸が痛んだが、宿直が西野ではなく私でよかったと改めて思う。

「ご遺体が自分で消えるなど、とても信じられませんが」

「そう言われても、実際にいなくなったんですから」

真由の言葉を聞き流し、台座の下を覗き込む。

いない。

「そんなところにはいませんよ」

祭壇を覆う布をめくる。

いない。

「そんなところにもいませんよ」

私がさがし回っても、真由はまるで動じなかった。では、隼人は既にこの部屋にはいないということか。となれば、あとは一つしかない。

「さがしても無駄です。あの子は家族葬にすると約束するまで、絶対に出てきません」

「そうかもしれませんな。ただ、一つ確かめたいことがあります」

敢えて間をおいてから続ける。

「当斎場には、廊下に防犯カメラが設置されているのです。手がかりとなるものが映っているかもしれませんから、一緒に事務室に来てください」

セレモニアQでは、霊安室やホールに防犯カメラを設置していない。「故人との最後の時間をすごす、究極のプライベート空間だから」という建前に嘘はないだろうが、経費削減の意味合いも大きい。代わりというわけではないだろうが、廊下を見下ろす形で一台だけ設置されている。

そんなところに取りつけても、たいして意味はない。予算がかぎられているなら、事務室や売店が見えるエントランスに取りつけるべきなのだ。そちらの方が、盗まれては困るものがたくさんあるのだから。

常々そう思っていたが、今回ばかりは役に立った。

霊安室には換気用の窓が一つあるが、鉄格子がはめられており、どんなに細身の人間でも出入りはできない。また、真由の身長は見たところ一七〇センチ弱。女性にしては長身だ。対してご遺体は、七歳児にしては小柄。運ぶこともできなくはないだろう。

つまり防犯カメラには、隼人を運んで廊下を歩く真由の姿が映っているはずなのだ。

こうした説明は一切せず、真由を連れて事務室に戻った。なにも言わなかったのは、証拠を見せる前に自ら話してほしかったからだ。いくら党主導の葬式が嫌だからといって、ご遺体を隠すなど言語道断。観念して、洗いざらい話してほしかった。そうすれば、私は忘れるつもりでいた。

だが真由は、まるで表情を変えなかった。それどころか、感情のない声で促してくる。

「なにも映ってないと思いますけど、副島さんがご希望ならどうぞ」

ふと不安が芽生えた。隼人を隠したなら、カメラに映っているはず。なのに、この自信はどこから来る？

いや、はったりだろう。気づかれないよう小さく首を横に振って、防犯カメラの映像を記録したレコーダーを起動させた。モニタに廊下が映る。早送りのボタンを押す。しばらくすると、霊安室に駆け込んでいく私が映った。真由の悲鳴を聞きつけたときだ。

時刻を確認すると、入室が午後八時半、退室が八時三八分だった。

さらに早送りを続ける。午後九時四分、真由が霊安室から出てきた。早送りをやめ、通常の再生にする。モニタの中の真由は足許が覚束(おぼつか)なく、いまにも倒れそうだった。まだ幼い我が子を失ったのだ。私とて娘を亡くした身、この足取りは理解できる。なんら不思議はない。

不思議なのは、真由が隼人を抱きかかえても、背負ってもいないことだった。

唯一持っているのはトートバッグだが、サイズが大きめとはいえ、とても子どもを入れられる容量ではない。

霊安室を出た真由は、廊下を半分ほど歩いたところで不意に蹲(うずくま)った。しかしすぐに立ち上がると、不安定な足取りのまま画面の外へ消えていく。

「お化粧を直すためお手洗いに行こうとしたのですが、途中で気持ち悪くなって、しゃがみ込んでしまったんです」

なにも訊いてもいないのに真由は言った。年々広くなっていく私の額に、汗が滲んでいく。なぜ真由は、隼人を運んでいない？　いや、結論を出すのはまだ早い。この後で、なにかがあったんだ。

早送りを再開する。真由は、五分もしないうちに画面に戻ってきた。早送りをやめる。目を凝らしてみたが、やはりトートバッグを持っているだけで、出てきたときと同じ足取りで霊安室に入っていく。その後、真由が私を呼びにきた九時半まで、廊下には誰も現れなかった。

隼人を連れ出せる唯一の出入り口はドアだ。八時三八分以降、ここから出入りしたのは私以外では真由のみ。その真由がご遺体を運ぶ姿は、カメラに映っていない。そして霊安室の中に、隼人はいなかった。

では隼人は、どこに消えた？

「ねえ、副島さん。わかっていただけました？」

動揺を見透かしたかのような声に振り返った私は、反射的に後ずさった。

真由の顔つきが、変化していたからだ。

目の下のクマは消えていないし、頬もこけたままだ。それらと対照的に、口許にはいまにも歌い出しそうな微笑みを浮かべている。

「あの子は消えたんです。いくら優しい子でも、見ず知らずの大人に政治利用されることに耐えられるはずないですから。パパとママだけで送ってあげると言えば、喜んで帰ってきます。夫にもそう言ってくださいね、副島さん」

そう言う声は、抑揚なく無感情。

アンバランスな組み合わせなのに、なぜか調和している——そのことに寒気が走った。

事務室に真由を押し込め、廊下に飛び出した。額に滲んでいた汗は、いまや玉となっている。落ち着け、落ち着くんだ、副島孔太（こうた）。お前は一〇年もここで働いてきたじゃないか。その経験をもってすれば……。

——その経験が、なくなるかもしれないんだ。

不意に、その可能性に気づいた。当直の最中、遺体が隠されたなどと上に知られたら、間違いなく私は責任を問われる。下手をしたらクビだ。役者くずれでなんの取り柄もない中年男が、簡単に再就職先を見つけられるとは思えない。

あの日、『夕焼け小焼け』のチャイムをかき消した腹の虫が、聞こえた気がした。

真由には、心の底から同情する。それでも絶対に、隼人を見つけなくては！

霊安室に駆け込む。先ほどは勘違いしただけで、隼人は消えていないのではないか。ありえないことを期待して棺を覗いたが、やはり空だった。再び廊下に飛び出す。真由が蹲ったところを調べる。なにもない。本当に気持ちが悪くなっただけだったか。

真由が歩いたコースをたどる。念のため、ほかの霊安室のドアを確認してみたが、鍵がかかっていた。

廊下を曲がる。女子トイレがある。誰もいないとはいえ躊躇したが、思い切って飛び込む。そこにも、不審なものはなかった。

「ばかなばかなばかな」

斎場を飛び出す。夜になっても一向に下がらない気温のせいで、余計に汗が噴き出した。懐中電灯を握りしめ、敷地内をぐるりと一周する。手がかりになりそうなものもなければ、遺体を埋めたような痕跡もなかった。

場内に戻る。エントランスの右手奥に売店がある。この時間帯は閉店しており、棚に並んだ骨壺にも、床に置かれた棺にも網が被せられている。こんな網、防犯上は役に立たない。防犯カメラもないから、その気になれば盗み放題……そうか、わかった！

真由は売店の棺に、隼人を入れたんだ。どうやって移動させたのかは、後から考えればいい。とにかくまずは、ご遺体を確保することだ。網をくぐる。並べられた棺は、全部で三つ。右から順に蓋を開けたが、なにも入っていなかった。頭の中が熱くなる。

「どこだ？　どこに隠した？」

「なにをでっか？」

ひっ、と悲鳴を上げながら振り返る。

黒いスーツを着た二人組――北条葬儀社の餡子邦路と、新実直也が立っていた。

3

餡子が霊安室の方を気にしながら、小声で話し出す。

「夜分に突然申し訳ない。みんな新実が悪いんや。さっき、ここで葬式をお世話したやろ。その後、病院に走ったんよ。で、会社に戻ったら鍵がないときた。そんな大事なもんをなくすかいな」

「すみません。でも、運も悪かったんですよ。高屋敷さんは渓谷を眺めに山に登ってるし。社長は他社の葬式の手伝いで遠出しちゃってるし。どちらかがいれば、合鍵を借りられたのに」

「連絡がついただけマシや。何日か前なんて、社長と電話すらつながらへんかったやないか」

「一週間前、社長が休みの日ですね」

「よく覚えとるな、お前」

「そうなるでしょう。みなさん、僕にスケジュール管理を任せきりなんですから」

「よう言うわ。ストーカーになっとるくせに」

「な……なるわけないじゃないですか」

北条葬儀社の社長・紫苑のことは以前から知っている。彼女の父親も葬儀屋だったからだ。

紫苑と同じく、瞳が大きかった。こちらの目を真っ直ぐに見て話すから、余計にその印象が強かったのかもしれない。高校時代の紫苑は父親の仕事を手伝っていたが、なにかがあって距離をおくようになったらしい。父親は「紫苑ちゃんにすっかり嫌われてしまいましたし、奥さんは早く嫁に行かせたがっているんですよねえ」とぼやいていた。

だから、まさか父親の死後、紫苑が北条葬儀社を継ぐとは思わなかった。

「ま、そんなわけで鍵をさがしにきたというわけですわ。新実が、落としたのならここだと言うさかい」

新実をからかっていた餡子が、唐突に水を向けてきた。いかん。いまは目の前のことに集中しなくては。

餡子邦路。感情の変化が読み取りづらい細目といい、妙な関西弁といい、普通に考えれば胡散くさいだけの男だ。しかし、なぜかご遺族の評判はいい。私もなんとなく心を許していて、この仕事を始めたきっかけを打ち明けたこともある。だが、今夜は……。

「で、どうしたんでっか、副島さん？　いつも落ち着いとるあんたらしくもない。誰がなにを隠しはったんです？」

餡子のおかげで冷静になれた。そうだ。私はいつも落ち着いているんだ。

「うちの若い職員が売店を掃除したとき、売り物の骨壺を人目のつかないところに移動させて、どこに置いたか忘れてしまったというんですよ」

「骨壺？　どんな骨壺でっか？」

「黒地に金の猫ちゃんが描かれたやつです」

骨壺の種類は多種多様だ。この売店にも、子ども用のかわいらしいキャラクターが描かれたものもあれば、大人用のしっとりとした紋様が描かれたものもある。形状も、筒状、壺状といったオーソドックスなもの以外にも、日本家屋やバスケットボール型といった変わり種まである。大きさや材質もさまざまだ。だから咄嗟に口走った「黒地に金の猫ちゃん」の骨壺も、ないとは言い切れない。

が、もう少し無難な骨壺にすればよかったと言い終える前に後悔した。新聞に掲載された猫の写真に癒されたり、猫をだっこする隼人の動画を目にしたせいか。まずいぞ。私は全然冷静になってない。

「黒地に金の猫ちゃんでっか。随分と独特ですな」

「ね……猫ブームですからな」

「葬儀屋なのに知らんかった。勉強になりますわ」

皮肉にしか聞こえない。間違いなく、餡子は私がなにか隠していると疑っている。

「でも、こんな時間にさがす必要があるんでっか？」

「今夜は利用者が一組だけですから、時間に余裕のあるうちに……あ、鍵でしたね。そういえば落とし物が届いてた。待っていてください。うろうろしないでくださいよ」

一方的に言って足早に事務室に戻ると、真由が椅子に腰を下ろしていた。相変わらずいまにも歌い出しそうな微笑みを浮かべ、虚空をじっと見つめている。

「話し声が聞こえましたけど、どなたかいらっしゃったんですか」

「葬儀屋が落とし物を取りにきただけですよ」

遺失物を保管した箱を漁りながら答えると、真由は感情の削げ落ちた声で「あら、うれしい」と言った。

「なら、隼人の家族葬はその人たちにお願いしようかな。こんなときに来るなんて、あの子が巡り合わせてくれたとしか思えませんから」

「残念ですが、彼らはすぐに次の仕事に行かなければならないそうです」

立ち上がろうとする真由の両肩を押さえつける。

「ここで待っていてください。隼人くんについては、その後で話し合いましょう」

「話し合うことなんてありませんが」

「私にはあるんです！」

眼前に立っているのに、真由が私を見ている気配はない。その事実に、口調が思わずきつくなる。

「すぐに戻りますから。ここにいてくださいよ」

念押しして事務室を出るとエントランスに行き、新実に鍵を差し出した。

「これではありませんか」

「あ、そうです。助かりました」

嬉々として受け取る新実の手に、一瞬だけ触れる。ペンダコらしきものがあった。なんだって葬儀屋の手に、そんなものがあるのか。

でも、そういえば新実が紫苑に注意されているところを、以前ほどは見なくなった。いつだか餡子と新実が「お前は根を詰めすぎやないか。若いからって当直のときに完徹ばっかしてると身体を壊すで」「でも僕は誰かがいると集中できないタイプだから、当直の夜はいろいろ勉強するチャンスなんです。『ざらり』がなにかわかるためには、さぼっていられないんです」という会話を交わしているのを耳にしたことがある。

「ざらり」がなんのことかはわからないが、ペンダコは、その成果なのかもしれない。

中性的な顔立ちのせいか、なんとなく頼りない青年だと思っていたのに。

新実の横で、餡子は不審そうな顔をしていた。

「なあ、副島さん。さっき、そこの廊下を覗いてみたんやけど」

覗いたのか。「うろうろしないでくださいよ」と言ったのに。

「奥の霊安室、ドアが開いとったで」

「それがなにか？」

「ほかの部屋は全部、閉まっとった。なんであそこだけ開いとるんや？」

「今夜は、あの部屋だけ使われているんですよ」

「でも人の気配がせえへん」

「トイレにでも行ってるんじゃないですか。もしくは、急な用ではずしているとか」

「ドアを開けたままで？」

くそ、どうしてさっき、霊安室のドアをちゃんと閉めなかったのか。

「それは、ご遺族次第ですからな」

「そうでっか、わかりました。ところで、電話を貸してもらえへんやろか？」

「僕のスマホを貸して……痛っ！」

餡子が素早く、新実の足を踏みつける。

「事務室にあるやつを、お願いしますわ」

事務室に上がり込むつもりか。この男が真由と顔を合わせたら、面倒なことになる。

「断る。スマホくらい持ってるでしょう。それが使えないなら、新実くんから借りればいい。足を踏んだりしないでね」

「ありゃりゃ。見えとりましたか」

「見えないわけがないでしょう。用が済んだなら、さっさと帰ってください」

「はいはい。ほな行こうか、新実」

餡子が出口に向かうと、新実は足を痛そうにしながら続いた。その途中で訝しげに私を盗み見たが、目が合うと慌てて前を向いて去っていく。どうやら、私の様子は尋常ではないようだ。

隼人を見つけなければ。それも、可及的速やかに。


捜査は現場百遍。現実の刑事が本当にそんなモットーを持っているのかは知らないが、ミステリー小説や警察ドラマではよく使われる言葉だ。それに縋り、私は真由を連れて霊安室に戻った。

出入り口はドアしかない、しかし、ドアからは出ていない。ということは隼人は、まだこの部屋にいるのかもしれない。もう一度よくさがすんだ。祭壇と台座は調べたから、あとはパイプ椅子か？　布団か？　座布団か？　卓袱台か？　だめだ。そんなところにどうやって人間を隠すというのか。

それでも祈るように、パイプ椅子を壁に立て掛け、部屋の見通しをよくする。

どこにもなにもない。

次いで、布団と座布団を畳スペースから下ろす。手が震えているせいか、どちらも見た目より重く感じられた。卓袱台を下ろすときには、全身に汗をかいていた。

載っているものをすべてどけた後の畳スペースには、なにもなかった。這いつくばって調べてみたが、畳をいじった形跡もない。

私が懸命に動きまわっている間、真由は、微笑んではいるが、両目の焦点が合っていないせいで虚ろに見える顔つきのまま、黙って棺の傍に立っていた。

……闇雲に動いたところで埒が明かない。状況を整理するんだ。

八時三八分まで、隼人が棺の中にいたことは確実。真由が連れ去ったのは、その時刻以降。霊安室内に隠したのでないことは確認済み。ドアから連れ出していないことも確か。そのほかの出入り口となると、換気用の窓か？　ありえないと決めつけたのは早計だったのかもしれない。真由は遺体をばらばらにして鉄格子の隙間から外に投げ、トイレに行くふりをして回収、どこかに埋めた——いや、真由が霊安室から出てきたのは九時四分。三〇分足らずで遺体をばらばらになどできない。それに、五分もしないうちに霊安室に戻っている。そんな短時間で遺体を埋め、痕跡を完全に消せるはずもない。そもそも死んでいるとはいえ、我が子の身体をばらばらにする母親などいるものか。でも、車に轢かれてもともとばらばらだったと考えれば……いや、胸から上とはいえ、私は身体を目撃している。エンバーミングで身体の各部位が縫合されていた？　たとえそうだとしても、縫合は簡単には解けない。どう計算しても時間が足りない。

状況を整理したところで無駄だった。「午後八時三八分の時点で隼人は棺の中にいた」という前提が動かないかぎり、遺体を消し去る方法はない。

こうなったら最後の手段だ。

必死にお願いしよう。

――隼人くんを戻してください。このままだと私はクビです。年が年ですから、再就職先も見つかりません。どうか助けてください。

そう言って必死に頭を下げれば、真由もわかってくれる。いざとなったら土下座したって構わない。

「真由さん、聞いてください」

覚悟を決めた私を無視して、真由は間延びした声で言った。

「ああ、やっと来た。こんなに遅くなるなんて、なにを考えてるんだろう」

言われて気づいた。足音が近づいてくる。誰だと思う間もなく霊安室のドアが開き、真由の夫、御堂克巳が入ってきた。この男のことを、すっかり忘れていた。

咄嗟に掛け時計を見ると、午後一〇時半を回っていた。真由が隼人と二人きりにしてほしいと言った時刻は、午後一〇時までのはずだ。どこでなにをしていたのか知らないが、それより三〇分以上遅れて来るなんて。いくら「論理マシーン」「氷の克ちゃん」でもさすがに冷たすぎるのではないか？　自分が置かれた状況を忘れ、つい責めるような気持ちになってしまう。

「遅かったね、あなた。なにをしてたの？」

「実は——」

「隼人が、党に利用されるのが嫌で消えちゃったんだよ」

自分で訊ねておきながら克巳が答える前に、真由は言った。怪訝そうに棺を覗き込んだ克巳が目を剝く。

「どういうことだ？」

「だから、消えちゃったの。隼人は政治利用されるのが嫌なの」

妻と話しても埒が明かないと判断したか、克巳は私を見据えた。マスコミや野党議員を相手にしているとき以上に鋭く、冷たい目つきに、自分が置かれた状況を思い出す。

「どういうことですか。説明してください」

もうおしまいだ。克巳は徹底的に私を叱責してくる。管理不行き届きを責め、上に私の解雇を迫る——いや、待て。本当に、そうなるだろうか？

妻が、党主導の葬式が不満で息子の遺体を隠したとあっては、克巳にとっては一大スキャンダルだろう。野党もマスコミも、いままでいいようにやられてきた分、徹底的に攻撃してくる。選挙を控えた与党へのダメージも計り知れない。

……私が助かるには、これしかなさそうだ。

「どうして黙っているんですか。ええと……副島さん？」

名札を一瞥してから、克巳は私の名を呼んだ。私は、できるだけ静かな口調で言う。

「申し上げにくいのですが、奥さまがお子さんのご遺体を隠してしまったんです」

「なんですって？」

「嘘を言わないで、副島さん。隼人は自分で消えたんです」

私は真由を無視して、遺体消失の状況を説明する。真由が「私じゃありません」「私ではなく、隼人の意思なんです」などと口を挟む度に話の腰を折られたが、どうにか最後まで語り終えた。克巳の顔面が蒼白になる。

「真由、君はなんてことを……」

「だから私は知りません。隼人が勝手に消えたんです」

「嘘をつくな！」

さしもの「論理マシーン」「氷の克ちゃん」も声を荒らげた。真由が気の毒だったが、ここで仏心を出すわけにはいかない。

「夜明けまでに、隼人くんをもとの場所に戻しておいてください。それなら私も、すべてを忘れましょう」

「隼人はどこだ？　どこにやったんだ？」

私に応じる余裕もなくしたか、克巳は真由の肩をつかむ。それ以上は見ないようにして、私は霊安室を出た。これでなんとかなるだろう。克巳にしてみれば、政治家生命がかかっているのだ。必死になって真由を説得するはず。胸を撫で下ろしつつ事務室のドアを開けた私は、次の瞬間のけぞった。

椅子にどかりと座った餡子が、リモコンを片手にモニタを眺めていたからだった。

「まずいですよ、餡子さん。いつ副島さんが戻ってくるか――あ」

言っている最中に振り返った新実は、私と目が合うと間の抜けた声で言った。

「……どうも。こんばんは」

「……こんばんは」

そういえば、事務室の鍵を閉め忘れていた。普段は用心のため、部屋を出るときは必ず施錠するのに。霊安室のドアを開けっ放しにしていたことといい、さっきの私はいつもの状態ではなかったのだと改めて思い知る。

「あ、副島さんやないですか。お邪魔しとります」

餡子は呑気に言った。一拍遅れて、怒りが沸々と込み上げてくる。

「なにをしとるんだ、あんたら」

「申し訳ございません。餡子が、どうしても事務室を覗くと言い出しまして……」

「ちょうどよかった。聞きたいことがあったんや」

新実の言い訳などどこ吹く風で、餡子はリモコンでモニタを指し示す。

「これ、なにしてはったんや？」

モニタには、真由とともに霊安室から出てくる私が映っていた。

「それから、これも」

早送りされた後、再生ボタンが押される。一人で霊安室に駆け込む私、すぐに出てくる私。さらに早送り。今度は、真由とともに霊安室に入る私。

「なんで出たり入ったりしとるんや？」

「ご遺族に、いろいろと質問されて……」

「なにを訊かれたんや？」

「プライバシーにかかわることなので、言えない」

「なら仕方あらへん。あともう一つ、これはどうや？」

　再び映像が早送りされる。克巳が霊安室に入っていく。しばらく後、私が霊安室から出てくる。ついさっきの映像だ。餡子が再生ボタンを押す。自覚していなかったが、私は棺に向かって手を合わせていた。それから、カメラの方に歩いてくる。その姿を見て、思わず声を上げかける。

　私の顔つきは、最初こそ神妙だったが、えも言われぬ安堵の表情へと徐々に変化していった。

「さっき入っていったのは、政治家の御堂克巳先生やろ。先生は最近、ご子息を交通事故で亡くしてはる。あの霊安室には、ご子息がいるんやろ。そこから出てきたあんたが、なんでこんな笑いそうな顔をしとるんや？」

　餡子の言葉だけでなく、映像も否定したかった。ご遺族のいる霊安室を後にしながら、こんな顔をしていたなんて……。

「新実、行くで」

私が愕然としている間に、餡子は事務室から出ていく。戸惑いつつも、それに続く新実。向かった先に気づいたのは、二人が出ていって数秒経ってからだった。

「ま、待ってくれ」

転がるように廊下に飛び出した私が見たのは、霊安室に入っていく新実の背中だった。視界が大きく揺らぐ。霊安室まで移動するわずかな間に、数え切れないくらい何度も奇跡を願った。それを吹き飛ばすように、こんな声が聞こえてきた。

「息子は消えてしまったんです。汚い政治家に利用されるのが嫌なんです」

「いい加減にしなさい、真由」

終わった……。足を引きずるようにして霊安室に入ると、餡子が、自分と新実の身許を御堂夫婦に伝え、説明を求めているところだった。

「実は、隼人が――」

私には、一連のできごとを語る真由をとめる気力は残されていなかった。克巳もまた、硬い表情でそれを聞いている。

「――なるほど。事情はようわかりました」

話を聞き終えた餡子は、首を横に振る。

「せやけど嘘はいけまへんな、真由さん。ご遺体が勝手に消えるわけあらへん」

「違います。あの子は自分の意思で消えたんです」

「いいや。息子さんは、あなたが隠したんや」

そんなことは、私にも克巳にもわかっている。ただ、方法がわからないのだ。餡子にだって、わかるわけが……。

「こんな方法を使うなんて、よっぽど思い詰めていたんやな」

なんだと？

4

「みなさま、はずしていただけるやろか。真由さんと二人だけで話がしたいんや」

「必要ありません。話したいなら私と二人だけでなく、みなさんの前でどうぞ」

「そうでっか」

餡子は短く息をつくと背伸びして、傍らの新実になにか耳打ちした。中肉中背の餡子では、長身の新実と身長差がある。少し膝を屈めた新実は眼鏡の向こうにある目を丸くして、霊安室から飛び出した。私が新実の行き先を訊ねるより先に、餡子は話し始める。

「副島さんは真由さんが、この部屋のドアから隼人くんを連れ出したと考えたんやろ。ところが防犯カメラの映像で確認したところ、ドアから出た真由さんは隼人くんを連れとらんかった。それでパニックになってしまった。そんなとこやないですか」

私は渋々ながら頷く。

「窓には鉄格子がはめられているから、ドアを使ったとしか考えられないのに」

「副島さんの視点から見れば、そうなりますわな。けど、それは隼人くんが亡くなった事故に関して、ある重大な情報が抜け落ちているからや。そいつさえ知っとれば、この消失劇は不思議ではなくなります」

重大な情報？　しかしマスコミは、被害者が子どもであることを慮ってか、詳細を報じなかった。なぜお前が知っている？　私の疑問が聞こえたかのように、餡子は言う。

「懇意にしている警察官から教えてもらったんや。事態が事態やさかい、特別にな」

警察か！

一部の葬儀屋は、警察と接触する機会が多い。身元不明のご遺体、独居で身寄りのないご遺体、親族と断絶したご遺体など、引き取り手のないご遺体は、世間で考えられている以上にたくさんある。それらを埋葬するのは市町村の役割だが、警察が葬儀業者を仲介したり、紹介したりすることがあるのだ。無論、声がかかるのは信頼できる葬儀屋のみ。ご遺族に評判のいい北条葬儀社は、これに当てはまるのだろう。そんな関係にある両者なら、報道されなかった事実を特例で教えてもらえたことも頷ける。

「今夜、隼人くんがこの斎場にいることは、噂で聞いとりましたからな。トラブルがあったなら彼に関することやろうと思って、警察に連絡して情報をもらったんや」

「ずるい、そんなの。公表しない約束だったのに。その警察官は誰？　許せない」

真由の双眸が、みるみるつり上がっていく。やつれた容姿と相まって、鬼気迫るものが迸(ほとばし)ってはいる。

　しかしその姿は、もう寒気を感じるものではなくなっていた。

　克巳の方は少し冷静さを取り戻したらしく、静かな声で言う。

「やむをえないと判断したんだろうから、警察官は悪くない。餡子さん、こうなったらもう、副島さんにも全部話してもらって構いません」

「では」と前置きして、餡子は言う。

「隼人くんを轢いたのは、ただの車やない。巨大なタンクローリーだったんや。隼人くんはタイヤに挟まれた状態で、何メートルも引きずられた。そして全身を、細切れにされたんや」

　細切れ

「頭部が比較的きれいだったのは、タイヤに挟まれた際に切断されたから」

　切断

「ご遺体をすべて集めるのにえらい時間がかかった。筆舌に尽くしがたい、悲惨な事故やった」

　すべて集める

　それらの単語を言葉としては理解できても、イメージが伴わなかった。しかし残酷で陰惨(いんさん)で、凄絶(せいぜつ)な死であることは認識できた。現場は交通量が多かったというから、おそらくほかの車にも。七歳の子どもが。

なるほど。マスコミが詳細を報じないわけだ。
では頭部から下、細切れとなった肉片は納体袋（のうたいぶくろ）に入れられていたのだろう。原形をとどめていない状態のご遺体は、そういう風にして火葬する。納得しかけた私だったが、すぐに気づいた。

「それはおかしいよ。私は、隼人くんの胸から上があるのを見ている。そこから下は、蓋に隠れていたがね。その警察官は、なにか勘違いしているんじゃないか」

克巳が首を横に振る。

「副島さんの見間違いです。息子は、餡子さんが言ったとおりの状態になっていたのですから」

「しかし私は、本当にこの目で……」

「せやけどご覧のように、この部屋は薄暗いで」

「いくら薄暗くても、存在しないものが見えるはずないだろう」

「副島さんが見たのは胸部やありまへん。代用したんや。おそらくは、あいつでな」

餡子が指差した先にあったのは、座布団だった。

「この部屋で代用できそうなもんは、あれくらいしかありまへん」

「座布団で代用だなんて、そんな……」

言いかけて気づいた。

霊安室内の明かりは、蠟燭型の電球のみだ。この薄暗さなら、存在しないものが見えることはなくても、存在するものを別のものと見間違えることは充分ありうる。

あのときの私は、隼人の顔に気を取られていた。隼人お気に入りのタートルネックのセーターの中に座布団が入れられていたとしても、気づかなかったかもしれない。当然、胸部であるという先入観を持っている上に、薄暗くて視界不良だったのだから。

それに……ああ、そうだ。最初に真由の悲鳴で駆けつけたときに抱いた、違和感。

あるべきところに、あるべきものがないような。本来の姿をeだとしたら、形が似ているcになっているような。

あの感覚の正体は、畳スペースに置かれた座布団の数だったんだ。

本来は六枚ある座布団が、胸部を模すために何枚か使われ、少なくなっていた。そのせいで生じた違和感だったのだろう。自分のその考えを話すと、餡子は頷いた。

「タートルネックのセーターを用意されたんは、隼人くんのお気に入りだったことだけが理由やあらへん。首から下を偽装することも兼ねていたんです。副島さんを悲鳴で呼び出したんは、それを目撃させ、『人間一人が部屋から消えた』と思い込ませるため」

「では、息子はどこに消えてしまったんです？　私は副島さんと違って、当然、息子の状態を知っていました。それでも、皆目見当がつきません」

「隼人がどういう状態だったかなんて関係ない。私には隼人を隠すことはできない！」

真由の言うとおりだ。私が棺の中に隼人がいることを確認して霊安室を出たのが八時三八分。それから私を呼びに来た九時半までの間、真由が霊安室を出たのは一度きり。

細切れの肉片とはいえ、身体全部をトートバッグに詰め込むことは不可能だ。肉片だけなら鉄格子の隙間から外に出せたかもしれないが、埋める時間はなかったし、斎場の周囲に不審な点もなかった。

「いいや。あなたは隼人くんを隠すことも、連れ出すこともできたんや。別々なら」

真由の顔が強張る。

「ええんですか？　できればみなさんの前では言いたくないんやが」

「……おっしゃる意味がわかりません。何度でも言います。隼人は、自分の意思で消えたんです」

「そうでっか」

餡子は、細い目を一度閉じてから続ける。

「隼人くんのご遺体は、言葉を選ばずに言えば『細切れになった身体』と、『生前の状態が保たれた頭部』に大別できます。前者に関しては、室内に隠すことができたんや。あれを使えばな」

餡子が視線を向けた先にあったのは、布団と座布団だった。

「あなたは身体を、この中に隠したんや。布団は三組あって、掛け布団と敷き布団に分けられるから六枚。座布団六枚と合わせれば、隠し場所は全部で一二ヵ所。頭部を除いた肉片と納体袋を隠すスペースとしては充分や」

真由の目が、大きく揺らめいた。

では隼人は、あの中にいるのか。先ほど私が持ち上げたとき、重たいと感じたのは気のせいではなかったのだ。

大々的な葬式が嫌だからとはいえ、母親が我が子の身体を分散するとは。

「なるほど。身体の場所はわかりました」

克巳の声は、我が子の話をしているとは思えないくらい冷静だった。

「ですが、隼人の頭部はどこです？　奇跡的に原形をとどめていたから、布団にも座布団にも隠すことはできないはず」

「午後九時四分、真由さんは一度霊安室を出とります。そのとき、トートバッグを持ってました。隼人くんの頭部は、その中にあったんです。もちろん、いまは入っとらん。霊安室を出た真由さんは、五分足らずで戻ってきとります。そんな短い時間で隠せる場所は――」

「餡子さん、見つけましたよ」

顔を強張らせた新実が、霊安室のドアを開けるなり硬い声で言う。

「餡子さんの言ったとおりです。売店の、バスケットボールの形をした骨壺の中にありました」

なにがあったのか、具体的に言われる必要はなかった。

バスケットボール型の骨壺か。うちの売店には、そんな骨壺もある。大きな球形をしたあの骨壺なら、子どもの頭部を入れるには充分なサイズだ。

こんな方法で息子を隠して、なんになるというのか。「遺体は五体満足」と私に錯覚させれば見つかることはない。あとは克巳に悟られないようにすればいい——そう踏んだのかもしれないが、いざとなれば克巳だって、餡子に促されるまでもなく息子の惨状を私に教えていただろう。そうすれば、その観点から斎場中をさがし回り、遺体はすぐに見つかったはず。

万が一、党主導の葬式を断念させられたとしても、どうやって遺体をもとに戻すつもりだったのか。真っ当な精神状態ではないとしか言いようがない。

でも、我が子を失ったんだ。

真っ当でなくなって当然だ。

真由は、力尽きたように床に両膝をついた。

「ちょっと目を離した隙に、隼人はタンクローリーに……だから、せめて心のこもった式を……隼人だって、政治利用されたくないに決まってる……」

「七歳の隼人に、政治利用なんてものがわかるはずがない。嫌がっているのは君だ。なのに君は自分のために、隼人をモノと同列に扱ったんだ」

モノと同列。克巳が淡々と口にしたその一言が、割れそうなほど激しく私の頭の中に響き渡った。

真由の顔が、ゆっくりと持ち上がる。

「そうだね。政治利用されたくないと思ってるのは、隼人じゃなくて私だね。それのなにが悪いの？　隼人はもうしゃべれないんだから！」

　真由の声は、怒っているようにも、泣いているようにも聞こえた。克已がわずかに後ずさる。それを見て取った真由は、夫の足許ににじり寄った。

「私が平気で、こんなことをしたと思ってるの？　隼人の頭をバッグに入れて連れ出したときは眩暈がした。廊下に蹲って、必死に吐き気をこらえた」

　克已がさらに後ずさる。

「少しは私の気持ちがわかったみたいだね。なら、お願いだから考え直して。エンバーミングした遺体は五〇日以内に燃やさなくてはならないと決められている。逆に言えば、五〇日は燃やさないで済む。それだけ時間があるんだよ。党の偉い先生たちを説得してください。『息子の政治利用は断固拒否します』と言えば……そうだよ、あなたの人気はますます上がるよ。上に逆らう態度が勇ましいと称賛される。だから、ね？」

「だめだ。隼人は、党主導の葬式で送る」

「そんなに党が大事なの？」

「大事なのは党じゃない、国民だ」

　予期せぬ一言だった。真由も、不意打ちを喰らったような顔になる。

　克已は、淡々とした口調に戻って語る。

「私だって、本当は隼人を利用されたくない。だからさっき党の幹部陣のところに行って、やはり家族葬にさせてほしいとお願いしたんだ。必死に粘ったよ」

克巳の到着が三〇分以上遅くなったのは、そのせいだったのか。

「しかし幹部陣は、許してくれなかった。次の選挙のためには『子どもを大切にする党』というイメージづくりが欠かせない。選挙のためにはなんでも利用するのが政治家というものだ、なんて説教までされたよ」

「あなたは、それで納得したの？」

「そんなはずないだろう。でもいまの野党に、この国は任せられない。我が党が勝つことが、国民のためになる。それには、私情を捨てなくてはならない」

私には、政治のことはわからない。克巳や党の幹部陣は独りよがりだとも思う。

しかし「論理マシーン」「氷の克ちゃん」などと言われている克巳が、口調は淡々としているのに目を赤くしている様を見ると、なにも言えなかった。

「じゃあ、どうしても大々的にお葬式をするの？」

「ああ。その代わり、今夜はずっと隼人の傍にいよう。いろいろ話をしてやろう」

「でも、それだけじゃ……あの子がかわいそう……国民も選挙も関係ない……」

「参考になるかどうか、わからないんやが」

平行線が続く御堂夫婦のやり取りに、餡子の似非関西弁がするりと滑り込む。

「フランスの哲学者デカルトは、こんな格言を残しとります。『葬式とは、故人を忘れるのではなく、故人をいかに我々の血肉にするかを考えるための儀式である』」

デカルトがそんなことを？　聞いた覚えがないが……しかし新実は、力強く頷いている。こんな若造が知っているのに……いや、なにかで読んだような気も……そうだな、うん。そういえば、そんな格言もあった。

しかし、ここでこの格言を持ち出すことになんの意味がある？　疑問に思っていると、餡子は私にちらりと目を向けた。私になにかしろと言っているのか？　でも、できることなんてなにも――。

いや、あった。

この人たち同様、我が子を亡くしているのだから。

「少しだけ、私の話をさせてください」

餡子を訝しげに見遣る御堂夫婦に、私は佳那子のことを語る。御堂夫婦はそろって痛ましそうな顔をしつつも、餡子を見遣っていたとき以上に訝しげな眼差しになった。私がなにを言いたいのかわからないのだろう。それでも、構わずに続ける。

「あなたたちご夫婦は、私よりもずっと立派だ。私にはできなかったことが――隼人くんの話をして、交通事故の悲劇を繰り返さないよう訴えることができるのではないでしょうか。葬式に来た、大勢の参列者の前で」

夫婦の目が大きくなった。

私はＮＰＯに依頼されても、火事のおそろしさを伝える会合に参加できなかった。とても人前で話せる気がしなかったからだ。あのときの精神状態を考えれば仕方がなかったとは思う。でも克巳は、国民のために自分が望まぬ方法で息子を送ろうとする政治家なのだ。きっと話せるはず。

優しかったという隼人の死を、無駄にしないためにも。

「あの子の話を……それなら……そうだ！」

真由が、克巳を勢いよく見上げる。

「隼人の名前を使った交通安全の基金をつくろう。そのことを参列者に宣言しよう。そうしたら隼人も喜ぶ。それだったら大きなお葬式でもいい！」

「そうだな」

即答した克巳の赤くなった目に、涙の膜が膨らむ。克巳はそれをつぶすように一旦目を閉じてから、真由に手を差し伸べた。その手をしっかりとつかみ、真由が立ち上がる。

克巳はそれを見届けてから、私に深々と頭を下げた。

「ありがとうございます、副島さん。これなら政治利用だろうとなんだろうと、隼人の葬式を大々的にあげられます。本当に、なんとお礼を申し上げたらよいか……」

頭を下げたままの克巳の声が詰まる。いつの間にか隣で頭を下げていた真由の肩は、震えていた。

「私は、別に……アー、ソウダ、ワスレテタ」

棒読みのような言い方になってしまった。克巳と真由がそろって顔を上げ、まじまじと見つめてくる。私は、咳払いして続けた。

「御堂さんが依頼した葬儀屋は、手際が悪かった。あんな連中に任せたら、せっかく基金をつくることを宣言しても劇的にならないんじゃないかなあ。もっとちゃんとしたところにお願いした方がいいと思うんだよなあ。うん？　ちゃんとしたところ？　おお、あるじゃないか！」

ぽん、と右拳で左の掌をたたく。克巳と真由は依然として私をまじまじと見つめ続けているが、懸命に台詞を吐き出す。

「北条葬儀社だ。ここにいる餡子さんたちなら信用できるから、お願いしても大丈夫」

克巳は、戸惑いながらも頷いた。

「もし、そうしていただけるなら……私も妻もいまの葬儀屋には、いい加減な対応をされて不満でしたし……北条葬儀社の社長さんは、活躍する女性として我が党の政治家と対談したこともありますし……」

「ほう、対談！　なら問題ないですな。ぜひお願いしましょう」

「ただ、いまの業者は、党に紹介された葬儀屋ですから……」

「ウチらなら、参列者の印象に残る演出や段取りができると思いまっせ」

餡子が言った。真由は、決断を仰ぐように克巳を見上げる。両目を鋭くさせた克巳は、数秒、虚空を見据えてから言った。

「では、お願いしましょう。いまお願いしている業者は党幹部の身内ですが、党のイメージアップにつながるのは北条葬儀社。そう伝えれば、業者を変えることを承諾するはずです。選挙のためにはなんでも利用するのが政治家というものらしいですから」

そう語る克巳は「論理マシーン」「氷の克ちゃん」に、完全に戻っていた。そんな夫を見て、真由の口許が少しだけ緩む。

うっすらではあるが、初めて見る真由の本当の笑顔だった。

私が新実と二人で隼人を納体袋に戻している間、餡子は事務室で夫妻と葬儀の打ち合わせをした。

すべてが終わったのが、午前二時。私は「冷たい飲み物をご馳走する」と、餡子と新実を事務室に招き入れた。麦茶を出してから、餡子に訊ねる。

「私がデカルトの格言を聞かされても黙っていたら、どうするつもりだったんです?」

「黙ってるなんてありえへん。副島さんは、御堂夫婦と似たような経験をされてはる。自分の経験を踏まえたアドバイスしてくれると確信しとりましたわ」

「確信するのは自由だが、アドバイスなら自分ですればよかったでしょう」

「ウチと副島さんとじゃ、言葉の重みが違いますがな」

まったく、いけしゃあしゃあと。

「私が北条葬儀社に葬儀を任せた方がいい、と話を持っていくのも計算のうちですか」

「副島さんはいつも、ご遺体に敬意を払っとりますからな。葬儀社についても、御堂夫婦にアドバイスしてくれると思っとりましたわ。でも副島さんはうちの会社の話を持ち出したとき、言い方が棒読みになっとったな。あれじゃあ演技だとすぐにばれまっせ。

ああいう個性派俳優みたいなしゃべり方、うちは嫌いやないけど」

演技なんてしたことがないだろうに、わかったようなことを。それに、餡子は間違っている。

私は、ご遺体に敬意など払っていない。

「餡子さんはあの場でベストな格言を口にして、御堂さん夫婦を救っただけでなく、うちに仕事が来るようにもしたわけですね」

目を輝かせる新実を直視できないでいると、餡子の胸ポケットでスマホが鳴った。

やっぱり持ってたんだな、スマホ。睨む私にお構いなく、餡子は電話に出る。

「もしもし——休みなのにすまんな。下山したら、すぐ坊主になってほしいんや——ああ、明日の通夜や。急遽、うちの会社が仕切り直すことになって——いやいや、高屋敷さん、そう言わんで頼むわ。急なんで、ほかにお寺さんのあてもあらへん——ああ、その足で会社に来てくれれば——え？　土産（みやげ）？　——ウチはいらんわ——いや、社長も新実も、渓谷の水なんてもらっても困ると思うで——ほな、また」

電話を切った餡子は麦茶を飲み干すと、新実に言った。

「隼人くんの葬式はウチと高屋敷さんでお世話するわ」

「引き継ぎますよ。あとは僕に任せてください。餡子さんは、少し休んだ方が」

「仮眠を取れば平気や。それに、お前は午後から告別式を担当しとるやろうが」

「そっちは社長に任せますから、隼人くんの方を……」

「あちらさんのご遺族は、お前のことを信頼してるんやろ」

「でも……」

「一〇〇歳の大往生なんや。きっちり送って差し上げろ」

食い下がる新実に告げて立ち上がった餡子は、私に顔を向けた。

「言い忘れとったけど、御堂さんたちは隼人くんの火葬を副島さんにお願いしたいそうや。葬儀を施行するのはQ斎場なんで、終わった後でこっちに戻ってくることになるが、どうや？　Q斎場にはウチの方から話を通しますが」

「……こんなにご遺体が行ったり来たりすることはないから、上の確認を取ってからでないと」

なんとか、それだけ言った。

一人になった事務室で、私はスマホを手に取った。佳那子を失った後、私に火事のおそろしさを伝える会合で話をしてほしいと頼んできたNPOのサイトをさがす。一〇年経ったいまも、そういった活動をしているようだった。

連絡してみよう、退職願を出してから。

先ほどの、霊安室でのやり取りを思い出す。

克巳は「モノと同列」という言葉で真由を責めた。しかし彼女には、やむにやまれぬ事情があった。

私はどうか。

火葬されるご遺体を直に目に焼きつけることで、心に十字架を刻む——そんな自分に酔っていただけではないか。ここで働き始めた当初はそんなことなかったはずなのに、いつからか私は変わっていたのだ。

だから隼人が消えたとき、責任を取らされることをおそれ、斎場中を走り回った。その間、頭にあったのは「解雇されたら再就職先が見つからない」という恐怖だけだった。克巳を脅してでも、自分の身を守ろうとした。「モノと同列」という言葉を聞くまで、自分への十字架など思い出しもしなかった。

——これからは違う形で十字架を刻むよ、佳那子。

スマホで退職願の書き方を検索する。詳しく解説しているサイトを見ていると、事務室の電話が鳴った。この時間帯にかけてくる第一候補は葬儀屋だ。第二候補は、身内が亡くなってパニックになっているご遺族。

「もしもし」

〈副島さんですか。俺っす〉

どちらでもない、西野だった。名前くらい名乗れと思いつつ、「どうした?」と問う。

〈こんな時間にすみません。実は、うちの息子が死にまして〉

息子が?　死んだ?

〈二歳でした。生まれつき心臓に問題があって、ほとんど入院していたんです。親ばか

丸出しですけど、ここまでよくがんばったとほめてやりたいっすよ、俺は〉

入院どころか、西野に息子がいたことすら知らなかった。いや、知ろうとしなかった。

西野が宿直をできるだけ避けていたのは、これが理由だったのか。

「すまなかった」

〈は？　なにが？〉

「いや、なんでもない。息子さんは気の毒だったな。ご冥福をお祈りします」

〈ありがとうございます。それで、息子の火葬はぜひ、副島さんにお願いしたくて〉

「それは無理だよ」

これから退職願を書くのだから。

〈そんなこと言わないでくださいよ。副島さんしかいないんです〉

「ほかに職員はいくらでもいる」

〈いいえ。息子になにかあったら、火葬は副島さんにしてもらう。俺は前から、そう決めていたんです〉

「なぜだ」

〈いつもちゃんと、ご遺体に手を合わせているからですよ〉

ご遺体に――手？

なんの飾りけもなくなった無防備なご遺体を脳裏に焼きつけたとき、私はどうしている？　そうだ、手を合わせている。霊安室を出た後も、棺に向かってそうしている。

先ほど克巳を脅した後、安堵の表情を浮かべる寸前ですらそうしていた――無意識のうちに。

――副島さんはいつも、ご遺体に敬意を払っとりますからな。

餡子の言うとおりだと思ってもいいのかもしれない。遺体を荷物扱いした葬儀屋に説教しそうになったのも、それが理由なのかもしれない。

天井を見上げ、息を吐き出す。

ごめんな、佳那子。さっきのパパは、クビになりたくないということだけで頭が一杯だった。無職になるのがこわくて仕方がなくて、お前のことを全然思い出さなかった。でもこの仕事を続けたいのは、それだけが理由ではなかったみたいだ。

〈もしもし？　もしもし？　聞こえてますか、副島さん？〉

「ああ、聞こえてるよ」

隼人くんの火葬をこちらでできないか、上にかけ合ってみよう。そう思いながら、退職願の書き方を解説したサイトを閉じる。

妻の葬式

1

北条紫苑と会うのは咲(さき)との結婚式以来だから、五年ぶりだった。

——紫苑は私の幼なじみなの。Q市に住んでいたころは、よく一緒に遊んでた。見惚(みと)れないでよ。学生結婚に踏み切った私が惨めじゃん。


咲は冗談めかして言ったが、いらぬ心配だった。

愛らしい大きな瞳と雪のように白い肌が印象的ではあったが、話しかけても俯きがちで、こちらの目を見ようとしない。そのくせ、咲や女友だちにはにこやかに接する。異性が苦手なのかもしれないと思ったが、それ以上の関心は特に持たなかった。

それが、いまはどうだろう。葬儀社の社長になったことが影響しているのか、こちらの目を真っ直ぐに見つめて話をしてくる。ただ整っているだけだった容姿には、凜々(りり)しさも加わった。この紫苑が結婚式に出席していれば、見惚れていたかもしれない。

　こんな印象、妻に自殺されたばかりの自分が抱くべきではないだろうが。

「咲が亡くなったのは九月六日だから、もう二ヵ月になりますか」

　紫苑は紅茶に口をつけてから、小さく息をついた。一見微笑んでいるが、幼なじみの死を悼み、相手をいたわっているようにも見える、不思議な表情だった。

　紫苑自身だって、辛くないはずがないだろうに。

「わたしと会ったその日の夜に命を絶ったんですよね。落ち込んではいましたが、最後には『こんなことで挫けてられるか』と、闘志を燃やしていたのに。咲の気持ちに、気づいてあげることができませんでした」

「北条さんのせいではありません。思い込んだら一直線なのが咲のいいところですが、その分、感情の起伏が激しいところがありま――したから」

「ありますから」と現在進行形で口にしかけてしまい、咄嗟に言い換える。

　二ヵ月前。咲は学会に出席するため、Q市に一週間滞在することになった。学会の日程自体は三日間だが、勤務する医療機器メーカーの研究施設がQ市にあるので、出張も兼ねて早めに現地入りしたのだ。宿泊先は、友人の佐喜ひろ子のマンション。ひろ子がオーストラリアに短期留学しているので、自由に使わせてもらえることになった。

　咲からは「創介さんも一緒に行こうよ。ひろ子も、部屋を自由に使っていいと言ってくれてるよ」と誘われた。新婚旅行以外ほとんど遠出をしたことがないから魅力的な提案だったし、同僚も「お前がいない分はなんとかするから、たまには咲ちゃんと遊んでこい」と言ってくれたが、結局は行かないことにした。たとえフリーランスを呼んで穴埋めしても、仕事を——直葬専門の葬儀屋を休んでは、同僚に迷惑がかかる。

しかし自分は、咲と一緒に行くべきだった。

咲は視覚障害者向け医療機器の研究に携わり、大学院在籍時から盲人用ゴーグルの開発を続けていた。蝙蝠（こうもり）が超音波を使って障害物を避ける原理を応用し、全盲の人でも安全に街中を歩けるようにするためのゴーグルだった。

「ボランティアで視覚障害を持っている人たちとかかわって、想像以上に不便な思いをしていることを知ったの。三〇歳になる前に、絶対に実用化させてみせる」と口癖のように語っていたが、最近になって、設計の根幹を成すシステムに致命的な欠陥があることが判明した。門外漢の自分に詳しいことはわからないが、これで「三〇歳になる前に実用化」は絶望的となったらしい。

「三〇歳が無理なら一〇年延期すればいい」と前向きな言葉を言うこともあれば、「期待していた人たちに申し訳ない」と何度も呟き、塞（ふさ）ぎ込むこともあった。後者のとき、自分はできるだけ言葉をかけた。そういうことをした経験があまりないので、がんばれ、とか、少し休め、とか、落ち込んでも仕方がない、とか、ノートに書き出せば支離滅裂（しりめつれつ）なことを言っていたと思う。それでも咲は、「ありがとう」と笑顔を見せてくれた。その甲斐あって、咲が塞ぎ込む頻度は徐々に減っていった。

もう大丈夫だろう。咲の力になれた——そう思ったのは、自分の己惚（うぬぼ）れだった。

Q市に滞在して五日目。無断欠勤が二日続き、不審に思った同僚が様子を見にいくと、咲はロフトからぶら下げたロープで首を吊っていた。

遺書はなく、友人とはいえ他人の家での自殺である。不審な現場に、警察は自殺と他殺双方の線で捜査を進めた。死亡推定時刻は九月六日午後八時から一〇時の間。自分も含め、関係者はアリバイを訊ねられた。

しかし咲を恨んでいる者は見つからず、盗まれたものもなかった。体格差や立ち位置などの条件がそろえば自ら首を吊ったように見せかける絞殺もありえなくはないらしいが、そこまでする人物も理由も見つからず、最終的には自殺と判断された。

「咲の研究がうまくいっていないことは、わたしも聞いていました。でも自殺なんて、どうしても信じられない」

「自分も食い下がりましたが、警察に『研究の失敗という動機もあるし、衝動的に自殺することは珍しくない』と言われてしまいました。率直に言えば、納得できません。しかしそれは、自分が咲の自殺をとめられなかったからかもしれない。咲は、Q市に行く前は少しずつ元気を取り戻していたんです。だから大丈夫だと思っていましたが、本当は違ったのかもしれない。無理に明るく振る舞っていただけなのかもしれない。自分がそのことに気づかなかったせいで——失礼。こんな話をされても困りますよね」

紫苑がなにか言う前に、きっぱりと言う。

「自殺と結論づけられた以上、かなしんでばかりもいられません」

「おっしゃることはわかりますし、そのお気持ちは大切だと思います。でも、失礼ですが弊社になんのご用が？」

紫苑が細い首を傾げる。

北条葬儀社の二階。応接室らしき部屋には、紫苑のほか三人の男性社員がいた。

折り入って相談があるので、直に話をしたい。自分がそう依頼すると、紫苑は社員全員を集めてくれた。自分の向かいのソファには、真ん中に紫苑、右側に長めの髪の男性、左側に眼鏡をかけた、まだ青年と言っていい年ごろの男性が座っている。

一人、中年の男性だけは、窓辺に置いたパイプ椅子に腰を下ろしていた。

眼鏡の位置を直してから、自分は事情を話し始める。

「あなた方に、妻の葬式をお願いしたい。妻の死を受け入れ、前に進もうとしているつもりなのに、彼女の金切り声が聞こえるのです。自分の耳にだけ、なぜか」

＊

咲を失って、およそ三週間経った日の夜。自分は早めにベッドに入った。立て続けに直葬の依頼が入り、疲れ切っていたのだ。

しかし身体は疲れていても、脳は違った。咲がいない静けさに慣れず、意識が覚醒していた。これまでも、咲が出張や泊まり込みで留守にすることは度々あったのに。

まんじりともできなかったので、明かりをつけ、眼鏡をかけた。難解な本でも読めば睡魔が訪れるだろうと思ってベッドから起き上がったその瞬間、磨りガラスの向こうをよぎる人影が見えた気がした。

我が家は一戸建ての平屋だ。防犯対策として監視カメラを設置しているが、実際はダミーである。それに気づいた輩が、金目のものを求めて侵入してきたのか？　体格にも体力にも自信はあるが、相手が凶器を持っていたら追いかけるのは危険だ。逡巡していると、音が聞こえた。

脳を内側から引っかくような、鋭くて甲高い、金切り声のような音だった。

駆け寄って窓を開けたが、どこにも誰もいなかった。

音も消えていた。

*

「人影の正体はわかりません。自分の見間違いだったのかもしれない。ただ、この夜を境に、時折、音が聞こえるようになりました。昼のときもあれば、夜のときもある。体調万全のときもあれば、疲労困憊のときもある。法則はない。しかも周囲に訊ねても、誰もなにも聞こえないと返してきます。病院で耳の検査もしてもらいましたが、異常は見当たりませんでした」

先回りして、病院のことを話しておく。

「咲の母――義母によると、人影は咲の幽霊で、音は咲の金切り声なのだそうです」

「それでお葬式ですか。直葬にしたから咲が成仏できず、幽霊となって金切り声を上げているとお考えなのですか」

「まさか。ただ咲を直葬したことで、義母が憔悴していることは事実です」

義母の花坂智美は細かいことにこだわらない、さばさばした性格である。「本当はこんな人間じゃなかったんだけど、夫が愛人をつくって逃げたせいで、女手一つで咲を育てなきゃいけなくなっちゃったの。恨むなら、元夫を恨んで」と笑っていたが、自分にとっては気を遣わずに済む義母だ。咲が学生結婚すると言ったときも、「好きにしなさい」とあっさり認めてくれた。

咲を「この手で直葬したい」と自分が申し出たときも、すぐ頷いてくれた。「咲だって、創介さんに送ってもらいたいでしょう」と、自分がほしかった言葉までかけてくれた。咲の死を知った父親が電話でお悔やみを述べるだけで済ませたことに関しても、自分の分まで腹を立ててくれた。

しかし異変は、お骨になった咲を墓に入れた直後に起こった。

――本当に、なにもしなくてよかったのかな。自殺をとめられなかった分、葬式くらいあげてやった方がよかったんじゃないかな。

義母は赤くなった目を虚ろにして、ぽつりと呟いた。

なにもしないわけではない、これから毎日、仏壇の咲に手を合わせる。お供えもする。

自分がそう言ったら一度は落ち着いたが、以降も「咲のためにやれることがあったんじゃないかな」「咲はかなしんでるんじゃないかな」などと、ほぼ毎日、電話やメールでこぼしてくる。咲の仏壇に手を合わせるため我が家に来ることもあるが、その度に、頬がこけていくことが見て取れる。

「直葬が間違っていたとは思いませんが、義母の姿には胸が痛みます。それが金切り声を――幻聴を生んでいるのかもしれない。ならば葬式をあげて義母のかなしみが少しでもやわらげば幻聴も消えるのではないか、と考えたのです」

消したいのは幻聴だけではないが、それを言う必要はない。

「咲だとしても、成仏できないからってそんな声を上げる子じゃないのに」

紫苑がぽつりと呟いた。直後、「あ」と呆けた声を上げて頭を下げる。

「失礼しました」

「いえ。自分も義母に、同じことを言いましたから」

咲が懸命に研究を続けたのも、失敗に落ち込んだのも、自身の地位や名誉のためではなく、視覚障害者のためだ。そんな心根の持ち主が、他人に害を加えるはずがない。義母とて、理屈ではそうわかっているだろう。しかしいまの義母は、冷静ではない。

「荒垣さんの事情はわかりました。ただ、葬儀業は地域密着型の業態です。お住まいはP市ですよね。弊社よりそちらの葬儀社に相談した方が、なにかと融通が利きますよ」

「せっかく葬式をあげるなら、咲の友人であるあなたにお任せしたいと思ったのです。お仕事の評判もいいようですしね」

「そう言っていただけるのは光栄ですが、出張という形になりますから、通常の葬儀料より割高の請求をさせていただくことになります。それでも構いませんか」

「もちろんです」

「いや、葬式をする必要はないでしょう」

口を挟んできたのは、長めの髪の男性だった。先ほど、高屋敷英慈と名乗っていた。

「最初に金切り声を聞いた夜に人影を見たかもしれないとおっしゃいましたな。なら、その者の仕業に違いありません。モスキート音を使って、聴覚を刺激しているのです」

紫苑が高屋敷に訊ねる。

「なんだかかゆくなる名前だね。なに、それ？」

「高周波数の音のことです。蚊が飛び回る音を連想させることから、この名がつけられたと思われます。甲高くて、人によってはかなり不快に聞こえる音です。

人間は加齢に伴い、周波数の高い音が聞こえにくくなります。三〇歳をすぎるころには、若者には聞こえる音がまったく聞こえなくなる。ですから、若者がたむろして騒々しい場所にモスキート音発生装置を仕掛けておけば、大人に影響することなく追い払えるわけです。荒垣さんが聞いた金切り声とは、これなのではありませんか。人影の正体は、身近にいる人物。隙を見て、モスキート音を発生させているのです」

「それはないですよ、高屋敷さん」

眼鏡をかけた青年——新実直也が言った。中性的な顔立ちをしていることと相まって、話し方が優しく聞こえる。

「どう見ても、荒垣さんが三十路前とは……あ、すみません」

「今年で三四歳になります」

　気を悪くしていないことが伝わる答え方をすると、新実は胸をなで下ろした。

「ということですよ、高屋敷さん。荒垣さんにモスキート音は聞こえません」

「私は一〇代のころ、心身ともに厳しい修行に明け暮れた。おかげで常人より運動神経が優れていて、五感も鋭い。例えば、人の足音くらいなら聞き分けられる。三〇代になったいまも、モスキート音くらい――」

「僕らがみんな、高屋敷さんみたいな一〇代を送ったと思っているなら大間違いです」

「それに、モスキート音ではありえません」

　高屋敷の一〇代を無視して、話を進める。

「一度、路上で聞こえたことがあって、たまたま傍を歩いていた子どもに、妙な音が聞こえないか訊ねてみたのです。でも、なにも聞こえないと言われました」

　自分もモスキート音の可能性は、真っ先に考えたのだ。高屋敷は「むう」と残念そうに唸った。

「モスキート音じゃないなら、これしかないと思います」

　そう言う新実に、紫苑と高屋敷が目を向ける。自分もそうしかけたが、その前に、パイプ椅子に座る男性が興味なさそうに窓の外を眺めている姿が視界に入った。

新実は、得意そうに少しだけ顎を上げて言う。

「超音波ですよ。いや、ここは正確な言葉を使うべきですね。『骨導超音波』です」

人間が聞こえる音の周波数は二〇キロヘルツが限界である。これより高い周波数の音は「超音波」と言われており、通常は聞き取ることができない。しかし、骨を揺らすことで聴覚神経に直接音を伝える骨伝導ならば、超音波を聞くことができるのだという。

「骨導超音波は、健常者だけじゃない、重度難聴者でも聞くことができるんです」

新実が講釈を締めくくると、高屋敷は眉根を寄せた。

「さすが勉強熱心な新実だ。だが、それが金切り声となんの関係がある？」

「骨伝導は、一部のイヤホンや補聴器に用いられています。骨を揺らすことで、耳より音がクリアに聞こえるんです。だから、荒垣さんがつけている補聴器が超音波に反応して骨を揺らしていると考えれば、誰にも聞こえないことにも説明が――」

「自分は、補聴器などつけていませんが」

自分が告げると、新実は口を開けた状態で動かなくなった。

「荒垣さんは、耳を検査したけど異常はなかったとおっしゃったよね。新実くんは、人の話をもっとちゃんと聞きましょうね」

紫苑が、やわらかい声音ながらもぴしゃりと言う。新実は「すみません」と囁くように言って俯いた。紫苑は自分に向かって「失礼しました」と、頭を下げてから続ける。

「荒垣さんに金切り声が聞こえるのは、やはり精神的なものが原因かもしれませんね。

わたしとしましては、ご希望に沿う形で葬儀をお世話させていただきたいと思います」

「ぜひお願いします」

「あの……反対するわけじゃありませんけど、当然、火葬も納骨も済ませてますよね」

新実がおそるおそる口を挟む。

「お骨になっているのに葬式をするのは問題なんじゃありませんか」

「別に問題ないで」

奇妙だがどこか愛嬌のある関西弁で口を挟んできたのは、三人目の男性社員だった。

餡子邦路と名乗った男だ。

「葬式はご遺族のもんや。どんな形でも、ご希望に沿ってあげるべき。それに、火葬した後で式をあげる形式もある。骨葬というやつや」

葬式は「通夜・告別式後に火葬」という手順で行われることが多いが、地域によっては「先に火葬を済ませてから通夜・告別式」という流れを取ることもある。親戚が遠方に住んでいてすぐには来られず、ご遺体の保存が難しい場合もこの方式が取られることがある。これを骨葬という——餡子のその説明を聞いた新実は「そういえば、そういうのもあったな」と呟いた。この青年は見るからに若いし、葬儀屋経験は浅いのかもしれない。かく言う自分も直葬を専門にやってきたので、一般的な葬儀の知識は豊富ではないが。

「お骨を墓から出すにはお寺さんの許可がいるが、それさえＯＫなら骨葬という形でやらせていただいたらええ。式と火葬の順序が逆になるだけで、取り立てて変わったことをするわけやないし。ご遺族が故人さまへの思いを見つめ直すためなら、ウチは何回だって葬式をさせてもらいまっせ」

「何回もするつもりはありませんが、菩提寺の住職が理解のある人で、墓から出す許可はもらっています」

「ということは、もうなんの支障もないってことですよね」

新実は頷いた後、紫苑を一瞥してから自分に言った。

「では、担当は私が……」

「いいえ、新実くん。荒垣咲さんのお葬式は、わたしがお世話させていただきます」

「でも、社長は故人さまの……」

「わたしが、お世話します」

紫苑の語調には、一切の反論を寄せつけない強さが漲っていた。

細かい点は後日、義母を交えて決めることにして北条葬儀社を辞す。「お送りします」という紫苑の言葉に甘え、駅まで車に乗せてもらうことにする。

先に応接室を出て踊り場で待っていると、室内から会話が聞こえてきた。

「じゃあ、行ってくるね」

「新実も同行させて、運転は任せてはいかがですか。社長のことが好きなのだから」

「ちょっ……なにを言ってるんですか、高屋敷さん！」

「む？　違うのか？」

「違わんけど社長と二人っきりでドライブさせたらなにするかわからんで、こいつ」

「餡子さんまでなにを言い出すんです」

「純情な青年をからかうのはやめなさい、二人とも」

「そんな、社長まで！」

新実が、紫苑に咲の葬式を担当させまいと気を遣ったのは、そういう事情があったのか。微笑ましい。

――咲と一緒にＱ市に行けばよかった。

咄嗟に唇を噛みしめた。いまのいままで新実を微笑ましく思っていたのに……。

「荒垣さん？　どうしました？」

いつの間にか紫苑が、傍に立っていた。紫苑の顔をまともに見られないまま、「なんでもありません」と答える。

2

自宅に着いたのは、夜の一一時すぎだった。

ドアを開けるとき「ただいま」と言わない生活にもだいぶ慣れたが、靴箱の中にはいまも咲のパンプスやスニーカーが入っている。咲が使っていた部屋もそのままだ。まとまった休みが取れるときに片づけなくては。

リビングに入ると、窓際に置いた小型の仏壇に手を合わせた。写真の中では、咲が微笑んでいる。短い髪は研究員らしくない、派手な銅色(あかがねいろ)だ。

咲と出会ったのは、彼女が一九歳のときだった。既にこの仕事に就いていた自分は、後輩からOB訪問を受けた。そのとき、後輩の付き添いで一緒に来たのが咲だった。

なぜ直葬専門の葬儀屋になったのか訊かれたので、率直なところを話した。

自分は両親の顔を覚えていない。物心がつくかつかないかのうちに児童養護施設に預けられ、それきり面会に来てもらえなかったからだ。両親がいないことが普通だったので、そういうものだと割り切っていた。施設での暮らしに不満もなかった。

一七歳のとき、高校でできた親友が病気で死んだ。自分とは正反対の、快活に笑う陽気な男だった。それだけに、日に日にやせ細っていく姿を見るのは辛かった。親は、彼を直葬にした。

葬式もあげないことに驚いた。自分には両親がいないので、そういうものなのか訊ねられる相手もいない。しかし彼の親は葬式をしなかった分、小さいながらもちゃんとした仏壇を買って毎日線香をあげることにしたのだと言った。それを聞いた自分も、後日、線香をあげにいった。親は目を赤く腫(は)らしながらも落ち着いており、きれいに磨かれた仏壇は黒と金に輝いていた。

たった数時間で大金が消える葬式より、直葬の方が合理的に故人を追悼できることに気づいた瞬間だった。

一年後、施設を出る段になって、直葬専門の業者に「体格（ガタイ）がいいからご遺体を迎えにいくのに向いている」とスカウトされた。自分の話は、親友の親から聞いたらしい。親友のことを思い出し、この業者に就職した。数年働いたが、ご遺体を雑に扱うことに方向性の違いを感じて独立し、現在に至る。

以上の話を聞いた後輩は、この仕事に興味を持てなかったらしく、それきり連絡をしてくることはなかった。だが、咲との関係は続いた。後で聞いたところによると、「自分の仕事について淡々と語る姿がいいなあとは思ったけど、絶対に声をかけてくれるタイプじゃないと判断した」そうで、咲の方からなにかにつけて連絡をくれた。自然の成り行きで、ほどなく交際が始まった。

小さな身体とは裏腹に、咲はエネルギッシュだった。そこが魅力ではあったが、「学生結婚したい」と切り出されたときはさすがに驚いた。しかし「早く結婚した方が、その分、幸せを長く味わえるでしょ」という主張に押し切られた。

その幸せは彼女自身の手により、五年あまりで終止符が打たれてしまったのだが。

「紫苑さんが葬式をしてくれることになったよ」

咲に報告してから、換気のため窓を開けた。庭に散った落ち葉が、風に吹かれ乾いた音を立てる。眼鏡をはずして目を瞑（つむ）り、その音に耳を澄ませた。

今日は一度も幻聴を聞いていない。このまま消えてくれればいいが、そうはいかないだろう。

――咲と一緒にQ市に行けばよかった。

その悔恨が発作的に湧き上がって胸をかきむしりそうになることも、容易にはなくなるまい。

自分では咲をちゃんと弔い、区切りをつけたつもりでいる。しかし、

――咲と一緒にQ市に行っていれば、自殺をとめられたのではないか？

――咲は、一人になるとどうなってしまうかわからない恐怖に駆られていたから、自分をQ市に誘ったのではないか？

――がんばれ、とか、少し休め、とか、落ち込んでも仕方がない、とかいった自分の支離滅裂な慰めが、却って咲を追いつめていたのではないか？

気がつけば後悔に駆られ、そんなことばかり考えている。いくら考えたところで現実は変わらないと承知してはいる。しかし悔恨が湧き上がる頻度は、日に日に増えていた。北条葬儀社の帰り際のときのように、脈絡なく湧き上がることも多々ある。幻聴が聞こえるようになってからは、特にそれが顕著だ。

葬式をあげれば、義母だけではなく自分の心も鎮まって、幻聴と悔恨、双方が消えるかもしれない。密かに、そう期待していた。自分は「葬式より直葬の方が、死者を弔うのに合理的」と主張しているので、決して他人には言えないが。

スマホの着信音が鳴り響いた。窓を閉め、眼鏡をかけ直す。ディスプレイには〈海老原純男〉と表示されていた。応答をタップした自分が「もしもし」と口にする前に、海老原は切り出してくる。

〈わざわざQ市にまで行って、葬儀屋に依頼したらしいな〉

「誰に聞いた？」

〈智美さんだよ。やっと咲に顔向けできる、と、ほっとした様子で話していたぞ〉

海老原は義母のことを「智美さん」と呼ぶ。同僚の義母をそんな風に呼ぶ男は珍しいだろうが、義母も海老原も気にしている様子はない。

この男と一緒に仕事を始めて、そろそろ三年になる。

中規模、大規模な葬式をあげることが当たり前だったころ、直葬は安さを売りにできた。しかし徐々に競合が増え、価格破壊が起こった。少し前のパンデミック以降は、特にその傾向が顕著だ。薄利多売を旨とし、いつ何時でも依頼を受ける心構えでいなければならない。一日に何度もご遺体を迎えにいったり、遠出を繰り返したりすることもざらだ。

楽に稼げる仕事と誤解している者もいるが、甘い考えで就いた者には務まらない。「可及的速やかに火葬し、ご遺族が弔える状態にする」という責任を担える者だけが続けられる、直葬専門の葬儀屋とはそういう仕事だ。

海老原が、自分と同じ信条を持っているかはわからない。しかし少なくとも考え方が近いから、一緒にやれているのではないか。

かつては直葬専門ではない葬儀社に勤務していただけあって、ご遺体の扱いも丁寧だ。

〈咲ちゃんが亡くなったのは二ヵ月も前だぞ。どうしていまさら葬式をする?〉

「前々から話している、幻聴をとめるためだ」

義母が原因でストレスになっているのではないかという仮説を話す。海老原のことだから納得せず反論してくると思ったが、返ってきたのは沈黙だった。

「どうした?」

〈なあ、荒垣。その……〉

海老原は言い淀んだものの、意を決したように切り出す。

〈お前、鬱病なんじゃないか。咲ちゃんがあんなことになったのに、全然泣いてないじゃないか。無理をして、心が病んじまったんじゃないのか〉

「心配無用だ。一人のとき、涙が枯れ果てるくらい泣いた」

〈無理しないで、俺たちの前でも泣いていいんだぞ〉

「必要ない。泣かれても困るだろう」

〈そんなことないけど……どうも様子がおかしい気がするんだよな。ひょっとして、幻聴以外にもなにかあるのか?〉

「なにもない。幻聴が消えなくても、義母のかなしみが癒えるなら葬式をするべきだと思っただけだ」

口実にしてしまった義母に、小さな罪悪感を覚える。海老原は、半信半疑の様子ながらも言った。

〈そういうことなら、気の済むようにやればいいとは思うけどよ〉

「そのつもりだ。葬式の準備も手伝うことになっている」

〈なんでだよ。お前は遺族だぞ。葬儀屋からすれば、お客さまだぞ〉

「こちらから申し入れた。ほかの葬儀屋の仕事ぶりを見られる機会は、なかなかない」

〈まじめだな。でも、俺は手伝わないからな。何度も言っているとおり、俺は二度と葬儀屋には戻らない。いくら咲ちゃんの葬式だからって、そこだけは譲れない〉

「そうか」

〈そう残念がるなよ。打ち合わせに、顔くらいは出してやるからさ〉

「別に残念がっていないが」

〈遠慮するな。葬儀屋ってのは、遺族の無知につけ込んでぼったくろうとする連中なんだ。毒牙にかからないよう、俺が見張ってやる〉

「遠慮もしていないし、お願いした葬儀社は咲の幼なじみが社長をやってるんだ。ぼったくろうとするはずないし、評判もいいようだ」

〈咲ちゃんの幼なじみってことは、まだ若いんだよな。なのに評判がいいなんて、裏であくどいことをやってるに違いない。こいつはますます放っておけないな〉

　海老原は、奇妙なほど張り切り出した。

一一月二〇日。居間に置いたパソコンのディスプレイには、五人の人間が映っていた。紫苑と自分、海老原、義母、そして咲の同僚だった柳田(やなぎだ)である。

ウェブ会議を使った、咲の葬儀の打ち合わせだ。

義母が目を細くする。

「すっかり立派になったねえ、紫苑ちゃん。名字が『北条』のままということは、失礼だけど、まだ独身？　お母さんは『早く結婚して家庭に入ることが女性の幸せ』と、よく言ってたけど」

「いいご縁がなくて」

「信じられない、こんなにかわいいのに。葬儀屋より女優の方が向いてると思うよ」

さすがになんと返したらよいか困ったのか、紫苑は微かに顔を引きつらせた。義母はそれに気づく様子もなく、久々に笑顔になる。そして、

「咲とは幼稚園の年少さんのとき、友だちになってくれたんだよね」「二人ともずっと、背の順で前の方だったっけ」「紫苑ちゃんが男子にいじめられてたとき、咲はかばってあげたでしょ。でもあの男子は紫苑ちゃんのことが好きだったんだって」「咲はいつも、紫苑ちゃんのがんばりを励みにしてたんだよ」

咲の思い出話を、滝が流れ落ちるような勢いで捲し立て始めた。

「昔みたいに髪を下ろした方が、紫苑ちゃんに似合ってるよ」

「仕事中はアップにしているんです。下ろすと邪魔なんですよね。ばっさり切るのも、もったいないですし」

細い首にそっと手をやる紫苑に一同の視線が集中し、一瞬の間が生まれる。その隙をつくように、紫苑の脇から餡子がひょっこり顔を覗かせた。

「失礼やが、そちらの男性お二人はどなたです？」

これで義母の思い出話は断ち切られた。紫苑と餡子が阿吽の呼吸でやったのだとしたらたいしたものだ。義母は話し足りないかもしれないが、いつまでも思い出に浸られては、彼らとて仕事にならない。感心しつつ、自分が「柳田」と呼びかけると、柳田は画面の中で右手をあげた。

「いま手をあげたのが柳田有。咲が勤めていた会社の研究員です。自分にとっては、中学時代からの友人でもあります」

「初めまして」

柳田は人のよさそうな笑みを浮かべる。こうして見ると、童顔だと改めて思う。昔から、一緒に歩いていても同い年には見られなかった。

柳田は聴覚障害者向け医療機器の開発に携わっており、補聴器の小型化や、補聴器操作リモコンの高機能化、難聴者にも聞き取りやすいスマホの開発などに取り組んでいる。

咲に紹介したのは、結婚式をあげる三ヵ月前だった。その時点で柳田が勤務する会社を志望していた咲は、あれこれと質問を重ねた。柳田はそれに、快く答えた。咲が晴れて入社した後も、研究分野が近いこともあってなにかと世話を焼き、妹のようにかわいがってくれていた。「咲さんの葬式をするなら、僕にもぜひ協力させてほしい」と言って、今日はわざわざ会社を休んで顔を出している。

自分がこうしたことを説明すると、柳田は紫苑に頭を下げた。

「なにかあったら協力しますので、よろしくお願いします」

「こちらこそ、どうぞよろしくお願い致します」

「俺からもよろしくお願いしますよ、北条サン」

海老原が「サン」を強調して言う。

「荒垣の同僚の海老原です。三年前まで葬儀屋をやってました。葬式については詳しいので、そこのところを念頭に置いてもらって、どうぞよろしく」

「それは心強いです。なにかございましたら、ぜひご指摘ください」

「費用に関しては、いろいろと指摘させてもらうかもしれませんね」

「かしこまりました」

紫苑は、海老原の言葉を無難にかわして切り出す。

「では、お打ち合わせに入らせていただきます。まずお坊さんですが、弊社の高屋敷に務めさせていただけないでしょうか。社員ですので、お布施は一切いただきません」

今度は高屋敷が、紫苑の脇から顔を覗かせ一礼した。高屋敷は、得度を受けた僧なのだという。長めの髪は鬘のようだ。お布施を取らないのは、費用を抑えようとする配慮か。異存のあるはずがないのでそう言うと、紫苑はディスプレイの中で頭を下げた。

「ありがとうございます。次に会場ですが、ご希望どおり、お近くの公民館の別館を押さえました。式場に使わせてもらうのは、二〇畳ほどの和室です」

「せっかく葬式をあげるんだから、斎場じゃなくて、咲がボランティアで通っていた公民館を会場にしたい」という義母の希望は、Q市から戻った次の日に伝えてある。

紫苑が「率直に申しまして」と挟んで続けたところによると、使用を快諾されたわけではなく、目的が葬式だと伝えると難色を示されたという。それでも交渉の末、二一日午後四時から二三日午後二時までの使用が許可された。

ただし、本館で小学校の演奏会が開催されるため、二一日午後六時から二二日午後六時までは立ち入り禁止。したがって、二一日にセッティング、二二日に通夜、二三日に告別式の段取りとなった。

それから〈ご葬儀確認事項チェックシート〉なるPDFがメールで送られてきて、それをもとにこちらの要望を確認された。紫苑は義母の要望を、万年筆でメモ帳に書き込んでいく。ボディはすみれ色。咲が愛用していたものと同じ万年筆だった。「中学に入学したとき、記念に買ったの。紫苑と二人で、おそろいのやつを」と咲が言っていたことを思い出す。

打ち合わせは滞り（とどこお）なく進んだが、義母が「音楽葬にしたい」と言い出したときは、紫苑もわずかに戸惑いを見せた。音楽葬とは、故人の好きだった音楽を流す葬式のことだという。聞いたことはあるが、直葬専門でやってきたので手がけたことはない。

「あの子はカラオケが好きだったでしょ。葬式の最中、レパートリーを流してあげたいんだ。音源は私が用意するからいいでしょ？」

「しかし会場は公民館ですし、通夜の時間帯ですと、近隣にご迷惑が……」

紫苑が難色を示していると、新実の声がした。

「通夜は無理でも、告別式は音楽葬にできるんじゃありませんか。スピーカーはワゴンに積んでいけばいいんだし。著作権使用料の分、料金をいただくことになりますけど」

どうやら北条葬儀社は、全員で咲の葬式を世話してくれるつもりらしい。その間に入った仕事は、フリーの葬儀屋に任せるのだろう。

すぐに新実が公民館に電話してくれた結果、告別式のみ音楽葬ができることになった。自分は音楽のことはよくわからないが、咲はリズムが早く、明るい曲調の歌をよく口ずさんでいた。そんな歌が流れるのか。どんな葬式になるのか想像もつかない。

追い討ちをかけたのが、餡子からの提案だった。

「そなら遺影はデジタルにして、音楽に合わせて写真を代わる代わる表示させましょ。読経中は落ち着かんから、さすがに固定した方がええやろうけど」

義母が身を乗り出す。

「ぜひ。咲の写真を、できるだけたくさん用意します」

「そこまでやるなら、シャンデリアもいかがや？」

「すてき。シャンデリアって、派手な葬式のときに使うんでしょう。あの子もきっと喜びます」

「おおきに。その場合、追加料金は――」

ますます想像できなくなったし、費用がかかる上に非合理的だと思ったが、義母が活き活きと話しているのだから構うまい。

義母の憔悴が薄まれば、幻聴も悔恨も消えるに違いないのだから。


打ち合わせが終わると、紫苑はログアウトした。明日、ワゴンに乗ってP市に来てくれるという。ディスプレイに残った四人は、咲を直葬にした数日後、この家で酒を飲んだ顔ぶれだった。咲を偲びながら飲むという趣旨の会だったが、記憶はほとんどない。自分はうわばみなのに、あの夜は異様にアルコールが回り酩酊したからだ。ほかの三人も似たようなものだったそうだから、当たり前とはいえ、普通の精神状態ではなかったのだろう。

気がつけば眼鏡がこわれていて新調するはめになった自分が、一番普通ではなかっただろうが。

あの夜のことを思い出したのか、義母と海老原は二、三言残して早々にログアウトした。残った柳田は、両手を頭の後ろに組んで息をつく。

「和室にシャンデリアとは。けったいな組み合わせだね」

「同じことを考えていた。しかし義母はともかく、元葬儀屋の海老原も反対しなかった。葬式とは、そういうこともするのかもしれない」

文句を言いたそうにしながらも海老原が終始黙っていたということは、費用に関しても妥当なのだろう。直葬に較べると、どうしても高く感じてしまうが。

「それより、咲の同僚に葬式の案内を頼む。こちらは友人と、ボランティアでお世話になった人たちに連絡する」

柳田は答えず、じっと自分を見つめてくる。

「どうした?」

「君は本当に強いね、荒垣。咲さんのことを教えてくれたときも、こわいくらい冷静だった」

柳田には咲の死を、直葬する前に電話で伝えた。最初、柳田は信じなかった。繰り返し説明すると、「お前は荒垣じゃないな、なにが目的なんだ」と疑いすらした。しかし信じた途端に号泣した。第三者が見たら、柳田の方が咲の夫だと思ったかもしれない。

そんなことを思い出していると、柳田は「本当に強い」と繰り返した。つい苦笑する。

「人のいないところで随分泣いたし、本当に強いなら幻聴が聞こえたりしないだろう」

幻聴のことは、柳田にも話してある。

「……すまない」

「気にするな。幻聴を消すため葬式をあげる、と筋道立てて考えられるのだから——」

――咲と一緒にQ市に行けばよかった。

不意に湧き上がった悔恨を振り払って続ける。

「強いと言えば強い」


翌日の午後四時すぎ。

自分と海老原は、北条葬儀社の面々とともに市内にある公民館の別館にいた。仕事が終わり次第、柳田も顔を出すと連絡があった。

葬式初心者の自分は、紫苑から指示されるままに手を動かすほかない。それでも、ありふれた和室が変貌していく様は圧巻だった。四方の壁は白黒の「鯨幕」なる幕で覆われている。幕をめくれば薄汚れた漆喰の壁があることはわかっているのに、この部屋が公民館という建物から切り抜かれ、神聖な空間と化して見える。

高屋敷も自分と同じく、紫苑の指示に黙々と従っていたが、新実は違った。コードを引っ張り、スピーカーの位置を調整している。ボールペンを走らせてなにやらメモする表情は真剣そのもので、紫苑から注意を受けてしょげていた姿とは別人のようだった。

葬儀屋経験が浅く、失敗も多いようだが、自分はこの青年を少し誤解していたのかもしれない。

誤解といえば「シャンデリア」についても、自分は誤った認識をしていた。

脚立に乗った餡子が、画鋲を器用に操りながら、白く、やわらかな幕を天井に張っていく。襞のついた円形となった幕は豪奢で、さながらシャンデリアを思わせる。

「あれがシャンデリアだ」

　手際よく形づくられていく幕に見ほれていると、海老原が得意げに声をかけてきた。

「正式名称はシャンデリア幕。シャンデリアってのは通称だな。近頃はそれほど見なくなったが、豪華な葬式では定番だ。ちなみに、本当にシャンデリアを飾ると勘違いする素人も、稀にいる」

「だったら打ち合わせのとき、素人の勘違いを正してくれればよかったものを」

「ばか言うな。実物を見ながら解説した方が、かっこいいじゃないか」

「海老原さんは、なにをしてらっしゃるんです?」

　紫苑が、祭壇の方から声をかけてくる。

「お暇なら手伝っていただきたいのですが」

「俺は二度と葬儀屋に戻るつもりはないんです。でも、アドバイスくらいならしてあげてもいいですよ」

　恩着せがましい物言いをしながら、海老原は紫苑の方へと歩いていく。

　——俺は二度と葬儀屋には戻らない。

　海老原は、ことあるごとにそう口にする。理由は、かつて勤務していた葬儀社が、ご遺族から金をむしり取ることを最優先する悪徳業者だったことにあるらしい。簡素な葬式を希望するご遺族に向かって、「そんなんじゃ故人さまが浮かばれない」と説教して、豪華な葬式を迫ることもざらだったようだ。

――人間はここまで金にがめつくなれるのかと思うと、心が病みそうでやめた。直葬専門の方が気が楽だ。

海老原は、そう言っていた。

しかしそれならば、今日この場に来なければよかったものを。「お前がぼったくりに遭わないか見張ってやるよ」と言っていたが、心配のしすぎだろう。まさか、シャンデリア幕の蘊蓄を披露するためだけに来たのか？

「すみまへんな、ご遺族にお手伝いさせてもうて」

脚立から下りた餡子が話しかけてきた。

「いいえ、自分からやると申し出たのですから。それに直葬専門でやっているので、葬式がどんなことをするのか興味もあります」

「そう言っていただけると気が休まりますわ。ところで、幻聴の方はどうです？」

「今日のところは聞こえません。このまま収まることを願っています」

咲の葬式をあげることになって、義母は思いのほか喜んでいる。それが、心の安定につながっているのかもしれない。そう言いかけたが、餡子は「そううまくいくやろか」と呟いた。

「なにか不安でも？」

「いいえ。ところでお訊きしたいんやが、海老原さんも咲さんと親しかったんですか？」

「ええ。柳田と四人で、よく一緒に飲んでいました。咲は人見知りしませんし、海老原もああいう性格ですから、すぐに打ち解けたんです。研究の話題になったときは咲と柳田だけで話して、自分も海老原も蚊帳の外でしたが。ちなみに咲を直葬にした後は、自分と海老原、柳田、義母の四人で飲んだこともあります」

「ほう、四人で……」

「気になるようですね。まさか、彼らがなにかしているとでも？」

「とんでもあらへん。そんな発想、抱きもしませんでしたわ」

餡子は空々しくとぼけて新実の傍に行き、スピーカーの出力について話し始める。

餡子は、三人のうちの誰かがなんらかの方法を使って、自分に金切り声を聞かせていると考えているのだろうか。ありえない。これは幻聴なのだ。

まだ五時四〇分だったが、全員、管理人から急かされるように公民館を追い出された。

正門を出たところで、義母と柳田がやって来た。義母は様子を見に、柳田は手伝いにくる途中、ばったり会ったのだという。既に追い出されたことを伝えると、二人は残念そうな顔をした。義母がため息をつく。

「咲が喜ぶような式場か、事前に見てみたかったのに。でも、私は紫苑ちゃんを信じてるよ。きっと立派な飾りつけをしてくれてるよね」

「ご期待には添えていると思います」

紫苑は胸を張って答えた。謙遜しないのは、仕事に対する誇りの表れか。友人の葬式だからといって過剰な感傷を持ち込まないことといい、依頼して正解だった——そう思うのとほとんど同時に。

幻聴が、聞こえた。

それはこれまでで一番短く、一秒にも満たない間聞こえただけで、すぐに消えた。

「どないしました？」

餡子は怪訝そうだが、気のせいかもしれないのだ。義母に余計な心配をかけたくもないので、「なんでもありません」と平静を装って答える。

3

翌日の夕刻。公民館の正門に集まると、管理人の男性が白いものが交じった眉をつり上げて言った。

「本館の物置にあった脚立、勝手に使ったでしょ？　今朝見たら、位置が変わってたよ。夜更けに犬を散歩させている人が、脚立を担いで別館に入っていく人影を見たとも言っている。あんたらのうちの誰かの仕業としか思えない。いくらここの警備が緩いからって、立ち入り禁止の時間帯になにやってるの？」

乱暴な決めつけに、海老原が顔をしかめ口を開きかけたが、紫苑の方が早かった。

「弊社の者が使ったのかどうか、施設を借りている者として調べる義務はあります。ただ、いまはお葬式をあげさせてください」

大きな瞳から放たれる目力に気圧されたのだろう。管理人は「まあ、いいけど……場合によっては責任を取ってもらうからね」などと口ごもりながら引き下がった。

「脚立か。誰がなんのためにいじったんやろ？」

「なにを言ってるんですか、餡子さん。管理人の勘違いに決まってるじゃないですか」

新実の意見に、自分も賛成だった。

それから別館に移動した。〈故荒垣咲葬儀式場〉と達筆で書かれた門標に、気持ちが引き締まる。

そして始まった、咲の通夜式。

「ただいまより、荒垣咲さまのご葬儀を始めさせていただきます」

司会者は紫苑だった。声は透明感がありながらも力強く、鼓膜を心地よく揺らしてくる。毅然とした態度から、司会慣れしていることがうかがえた。

最前列の遺族席に座った自分は、そっと後ろを見遣る。参列者は思いのほか多く、ざっと五〇人ほどいた。咲が死んでから、二ヵ月経っているのに。咲と同世代の人も、義母より年輩の人もいる。彼らは一様に、目を赤くしたり、涙ぐんだりしていた。

一処に集まった人たちが、一斉に嘆きかなしむ——映画やドラマではよく目にするのに、実際に見ることはあまりない光景だ。

隣に正座した義母も見遣る。

葬式が始まる前は、相変わらず明るい表情をしていた。勘違いしていたら困ると思い、正門から別館への道すがら、シャンデリアが幕であることを教えると、大いに勝ち誇られた。「もちろん知ってるよ。咲の葬式を立派なものにするために、いろいろと調べたんだから」。案内役として先頭を歩いていた餡子が「よく調べてはりますな。すばらしい」と大袈裟にほめると、義母はますます鼻を高くした。本当に、咲が生きていたころに戻ったようだった。

なのにいまは、身体中のすべての水分を放出するかのように、声を上げて号泣している。高屋敷の読経が始まるころには額を畳につけ、痙攣（けいれん）するように背中を震わせていた。自分のこの手で咲を送ってやりたいと思って直葬にしたのだが、あの時点で義母の意向を確かめるべきだったか。最初から葬式をあげるべきだったか。

なんにせよ、これで義母の心も安らぐはず。すぐには無理でも、幻聴は少しずつ消えていくことだろう。

——咲と一緒にQ市に行けばよかった。

いままさに湧き上がった、この悔恨も同様だ——自分がそう思うのを、待ち構えていたかのように。

金切り声が、聞こえた。

発作的に両耳を押さえる。昨日同様、一瞬で消えることを願った。しかし幻聴は、断続的に、波が寄せては返すように、抉られた傷口が疼くように、繰り返し繰り返し、何度も何度も襲来する。消えたと思ったら再び。消えたと思ったら三度。消えたと思ったら四度。高屋敷の読経に紛れながらも、じわりじわりと、執拗に。

「それでは、喪主さまのご焼香をお願い致します」

紫苑の声をなんとか聞き取り、立ち上がる。その拍子にバランスを崩したのは、正座で足が痺れたからではなかった。驚いてこちらに近寄ろうとする紫苑を手で制し、ずれた眼鏡をかけ直して祭壇に近づく。祭壇の方が、自分に迫ってくるようだった。それにつれて――ああ、なんということか。

金切り声が、大きくなっていく。

幻聴とは思えないほど鳴り響く。頭蓋骨の内側で、割れんばかりにはっきりと。

咲――？

義母の言ったとおり、自殺をとめられなかったのだから直葬ではなく、ちゃんとした葬式をあげるべきだったのか。いまさらやっても、もう遅いというのか。

――咲と一緒にＱ市に行けばよかった。

いつもの悔恨が湧き上がってきた。鼓動が、正常な速度を忘れて加速していく。呼吸は乱れ、首筋を汗が伝う。

「喪主さま」

――咲と一緒にＱ市に行けばよかった。

「どうぞ」

——咲と一緒にQ市に行けばよかった。

「ご焼香を」

——咲と一緒にQ市に行けばよかった。

紫苑の声は、途切れ途切れにしか聞こえない。

それから自分がどうしたのか、わからない。焼香も喪主の挨拶もした覚えはない。

気がつけば、通夜式は終わっていた。

*

「通夜式の最中に、聞こえました」

通夜振る舞いの会場となった、一五畳ほどの部屋で自分は言った。いまは声が聞こえないので告別式が終わるまで隠し通すつもりでいたが、限界だった。

参列者は既に帰っている。通夜式後、直葬の依頼が入ったので海老原もいない。「お前は今晩一晩、咲ちゃんの傍にいろ。これが本当に、最後の夜なんだから。フリーの直葬屋に応援を頼むから心配するな」と言って出ていった気がするが、金切り声の余波で頭がぼんやりしていたので自信がない。

紫苑としみじみ話し込んでいた義母は、ものすごい勢いで自分に顔を向けた。

「聞こえたって、なにが？」

「咲の声です。式の間中、何度も何度も」

ありのままに告げると、義母は畳に両手をついた。

「おばさん、しっかりしてください」

「……あの子は、やっぱり怒ってるんだ」

紫苑の声が聞こえていないかのように、義母は言う。

「葬式は遅すぎた……だから創介さんに……どうして創介さんだけなんだろう……そうだよ、私にも聞かせてよ。私だって、咲の自殺をとめられなかったんだから……そこまで追いつめられてたなんて、全然気づかなかったんだから……」

「ご自宅に戻りましょう。わたしが一晩付き添いますから。ね、おばさん？」

「紫苑ちゃんには咲の声が聞こえない？　許せないって怒ってない？」

「とにかく、行きましょう」

義母を支えて立ち上がろうとする紫苑だったが、小柄な体躯では難しい。すると、柳田が進み出た。

「僕もご一緒しましょう。男手があった方が便利でしょうし」

「柳田くん、君はどう？　咲の声が聞こえない？」

「僕には、残念ながら」

義母に肩を貸してから、柳田は言う。

「荒垣はここにいるんだ。お母さんのことは、僕と北条さんに任せてくれればいい」

——咲と一緒にQ市に行けばよかった。

本当にそうだ。もし自分がQ市に行っていれば、咲の自殺をとめることができたのに。そうすれば義母は、こんな風になっていないのに。すべての責任は自分にある。咲が金切り声を上げ続けるのも当然——。

「——垣？　荒垣？　大丈夫か？」

柳田に肩を揺さぶられ、我に返った。なんとか頷く。

義母を支える柳田と、それに寄り添う紫苑が部屋から出ていくと、自分は壁にもたれかかった。耳を澄ましてみる。隣の式場で北条葬儀社の面々が、告別式の準備をする音が聞こえるだけだ。咲の声が聞こえないことを喜ぶべきか、かなしむべきか。それすら、もはやわからない。

どれだけ時間が経っただろう。

「大丈夫でっか？」

部屋に入ってきた餡子を、ゆっくりと見遣る。

「手伝わせてくれと言っておきながら、なにもしていませんね。申し訳ない」

「無理なさいますな。式場の飾りは通夜と告別式でさほど変わるもんやないし。それより、北条から聞きましたで。また幻聴が聞こえたそうで」

力なく頷く。餡子は自分の隣に腰を下ろすと、うかがうように言った。

「そのときのことを、詳しく話していただけまっか?」

身体が強張り、また金切り声が聞こえた——いや、落ち着け。これは思い出している
だけで、いまは聞こえてはいない。しかし、

——咲と一緒にQ市に行けばよかった。

この悔恨は本物だ。Q市に行く前の咲は立ち直っているように見えたが、自分が気づ
いていなかっただけで本当は——。

「辛そうでんな。無理にとは申しませんせん」

「いえ、構いません」

首を横に振って悔恨を振り払い、途切れ途切れではあるが先ほどのことを語った。自
分が話し終えると、餡子はこちらの目をじっと見つめてきた。細い目をさらに細くして、
瞬きすらせずに。

「なにか?」

「ああ、失礼。まだ新しいと思ったんや」

意味を問う前に、餡子は続ける。

「ウチの言うとおりにしてくれたら、金切り声は二度と聞こえなくなりまっせ」

翌日。餡子の言ったとおり、告別式が始まっても幻聴は聞こえなかった。

幻聴が聞こえた理由を説明されて納得はしたが、どうにも実感が湧かないでいる。別の理由で、また聞こえてしまうのではないか？　式が始まる前はそんな疑心暗鬼に陥っていたので、義母にも黙っていた。魂が抜けたように呆然としている様は気の毒だったが、ぬか喜びさせるわけにはいかない。

朗々と響く高屋敷の読経を聞きながら、咲の遺影を見つめる。昨夜はそんな余裕すらなかったことに、いまさら気づいた。

高屋敷の読経が終わった。

「ご焼香に移ります前に、ご遺族の希望により、カラオケが好きだった故人さまのレパートリーを流させていただきます」

紫苑の言葉が終わって一拍の後、式場に音楽が流れた。軽快なイントロに、女性ヴォーカルの歌声が続く。一昔前に流行った歌で、幕末の人斬りを主人公にしたアニメの主題歌だったらしい。歌詞を聞くかぎりでは、少女の失恋を歌っているようにしか思えないが。

歌声は、かなりの高音だ。咲も声が低い方ではないが、とてもこのヴォーカルの真似はできない。けれどこの歌が大好きで、キーを低くしてよく歌っていた。

そうだ、咲はこの歌を、よく歌っていた。食事をつくるときや、掃除をしているとき、研究がうまくいって機嫌がいいとき。特別なことなんてない、なんでもないときにも。

——もう咲のこの歌を聞くことはできないのか。

そんなことはとっくにわかっていたはずなのに、実際に後頭部を殴打されたかのような痛みと衝撃が走った。会場を見渡す。今日も昨日と同じくらい参列者が集っている。彼らが見つめる中、デジタル遺影に、笑顔の咲、ピースサインの咲、白衣を着た真剣な面持ちの咲など、いろいろな姿の咲が映し出される。

しかし新しい咲が増えることは、もうないのだ。

これも、とっくにわかっていたはずなのに。

——咲と一緒にQ市に行けばよかった。

葬儀が終わればこの悔恨が消えるかもしれないと思っていたが、間違いだった。

咲はもう死んでいて、これからも死んだままなのだ。自分の悔恨もそのまま残り続けるのだ。咲と同じところに行くその日まで、ずっと。

人前で泣く必要はないと思っていたのに、目頭が熱くなった。両手で押さえても、もう間に合わない。

4

告別式は、予定よりも遅れて終わった。自分が泣き崩れ、なかなか焼香できなかったからだ。周囲には迷惑をかけたが、紫苑が急かさず、そっとしておいてくれたことはありがたかった。

参列者が全員帰った後の式場で、飴子は関係者を一堂に集めて説明を始める。まるで、ミステリーにおける謎解きの場面に迷い込んだかのようだった。

「金切り声は、幻聴でも、幽霊の声でもありません。生きた人間の仕業だったんや。そのからくりは、こいつです」

飴子が掲げたものに、義母、海老原、柳田の三人は一様に怪訝な顔をする。昨夜の自分同様、意味がわからないのだろう……いや、飴子は昨夜、こうも言っていたか。

——これを仕掛けた人間は、残念ながら三人の中におります。

ということは、一人は芝居で表情をつくっていることになる。

あのとき、飴子は誰の仕業かも教えてくれようとしたが、告別式が終わるまで待ってもらった。その人物が誰であれ、咲を弔いたい気持ちは持っているはずだからだ。

「からくり？　本気で言ってるのかよ？」

海老原が、疑っていることを隠そうともせずに言う。

「それ、ただの眼鏡じゃないか。そんなものが咲ちゃんの声と、どう関係あるんだ？」

そう。飴子が掲げたのは、なんの変哲もない眼鏡だった。

柳田が言う。

「どう関係しているのかはわかりませんが、荒垣がかけているのと同じものですね」

「そのとおりですわ。もっと詳しく言えば、ウチが持っているのは、昨日の夜まで荒垣さんが使っとったもの。荒垣さんがいまかけとるのは、まったく同じ型の眼鏡や。新品

と交換したわけですな。ただしウチが持っとる方の眼鏡には、テンプル部分に超小型の
骨伝導式補聴器が埋め込まれとります――新実、説明よろしく」
指名を受けた新実は、緊張の面持ちをしながらも、人間の耳には聞こえない超音波で
も、骨伝導なら聞こえることを話す。
「というわけですわ。この眼鏡に埋め込まれた補聴器は骨伝導式。つまり、こいつをか
けていれば超音波が聞こえるようになります。周囲の誰にも聞こえへんのにな」
ああ、と声を上げたのは、義母だった。
「ということは創介さんに聞こえていた咲の声は……超音波？」
「ええ。犯人は、超音波発生機を持ち歩いとった。折りを見てそいつのスイッチを入れ、
荒垣さんに超音波を聞かせる。もしくは見つからないように後をつけて、遠くから超音
波を発生させる。荒垣さんはそれを、咲さんの金切り声と重ね合わせてしまったんです。
しかも自分にしか聞こえないせいで、幻聴かもしれないと思ってしまった。もちろん、
この補聴器はリモコン式や。超音波を発生するときだけオンにしておいた。でないと普
段から骨伝導で音が聞こえて、気づかれてしまいますからな」
「いやいや、それはないだろう」
海老原が斬り捨てる。
「眼鏡だぜ？　毎日使ってるものだぜ？　そんなものに補聴器を仕掛けられたら、いく
ら小型でも気づくだろ」

「そやから犯人は、荒垣さんがもともとかけていた眼鏡をこわしたんや。咲さんを偲ぶ飲み会のどさくさに紛れて。あの会ではうわばみの荒垣さんを含め、ここにいるみなさんが酔いつぶれたそうですな。犯人が、睡眠薬を仕込んだんでしょう。これで眼鏡がこわれていても、荒垣さんは自分が酔ってこわしたと思い込む」

　昨夜、餡子が口にした「まだ新しいと思ったんや」というのは、眼鏡のことだったのだ。あの後で餡子は、眼鏡に仕込まれた骨伝導装置について説明してくれた。

「荒垣さんが眼鏡を新調すると、犯人は隙を見て、骨伝導式補聴器を埋め込んだ同じ型の眼鏡とすり替えました。その直後は、荒垣さんも違和感を覚えたかもしれまへん。でも新調したばかりやし、こんなものかとすぐに慣れる。

　超音波で荒垣さんをじわじわ追いつめていった犯人にとって、咲さんの葬式は絶好の機会でした。うまくやれば、さらに追い込むことができる。そこで、式場に超音波発生機を仕掛けたんです。仕掛けたのは二一日の夜。閉館後に、式場に忍び込んだんや。こんなものが祭壇の裏にあったんで、告別式の前に回収させてもらいました」

　餡子がポケットから取り出したのは、長方形の電子機器だった。これが超音波発生機か。

「だから荒垣さんがご焼香で祭壇に近づいたとき、音が徐々に大きくなったんや。自分で持たなかったのは、超音波を出し続けていると、発生源が自分だと特定されかねないから。告別式が終わったら、どさくさに紛れて回収するつもりやったんでしょう」

そこまでしていたのか、犯人は。もしも餡子がおらず、あのまま告別式でも超音波を浴びていたらと思うと、ぞっとする。

「こんなことをしたのは誰やろうか？　眼鏡をこわさないといけないんやから、当然、飲み会に参加したお三方の中に――」

「そうともかぎらないぞ。荒垣が眼鏡を新調したことを知った誰かが、すり替えたのかもしれないじゃないか」

海老原に遮られても、餡子は首を横に振った。

「すり替えるだけやない、荒垣さんの隙をついて、補聴器の電池を定期的に取り替えないとあかん。眼鏡をはずす機会はかぎられてるから、やっぱり犯人は荒垣さんの身近にいるお三方の中の誰かになりますな」

「……だったら、誰かもなにもないじゃないか」

海老原が荒々しくも、どこか遠慮するような口調で言う。

「小型で骨伝導式、しかもリモコン操作の補聴器なんて高機能なもの、普通は買えないだろう。でも、どれも柳田の研究分野だ。しかも、超音波という専門知識まで利用しているし……」

「僕だと言いたいのかい？」

柳田の顔面は蒼白だ。しかし餡子は、首を横に振った。

「正直、ウチも真っ先に疑ったのは柳田さんでした。せやけど、金に糸目をつけなければ、柳田さんの研究を知る同僚に協力してもらえる。それに、超音波と骨伝導の関係を知っていたのが柳田さんだけとはかぎりまへん。海老原さんだって一緒に飲んだときに、そのことを聞いてはるかもしれへん」

「聞いてねえよ、そんなもん」

説得力がない。四人で飲んでいるとき、咲と柳田が研究の話題で盛り上がることが多々あった。自分は聞き流していたが、超音波の話題が出なかったとは言い切れない。

「でも、私は除外されますね。だって骨伝導だの超音波だの難しい話、まったく知らなかったもの」

「言いにくいのですが、お母さんも容疑者でないとは言えないのでは？」

海老原に容疑者扱いされた柳田が、遠慮がちに言う。

「咲さんが開発していたのは、超音波を利用した盲人用ゴーグルです。もちろん超音波の特性として、骨伝導のことも知っていました。彼女からその話を聞いていれば……」

「なに言ってるの、柳田くん？」

「でも、咲さんの声かもしれないと最初に言ったのは、お母さんだと聞いてますし……」

「違う、私がやったんじゃない。そうでしょ、餡子さん」

「ええ。それだけで智美さんの犯行とは言えまへん」

義母に集まりかけていた疑念を散らすように、餡子は言った。

「智美さんが言わなくても、遠からず誰かが咲さんと音を結びつけたでしょう。たまたま最初に言ったのが智美さんだっただけや」

「ほらね」

「すみません」

責めるように言う義母に、柳田は頭を下げた。自分は餡子に問う。

「では、どうやって犯人を特定するのです？」

海老原が鼻を鳴らした。

「特定しようがないだろ。俺が『骨伝導の原理なんて知らなかった』と主張しても信じてもらえないし、柳田をクロと断定する証拠もない。智美さんだって、シロとは言い切れない。荒垣が初めて幻聴を聞いた日、庭で人影を見たと言ってたな。それが俺たちの誰かかもしれないなら、アリバイを調べるか？　そんな前のことは覚えてないし、証人をさがすことだって難しいぞ」

「そこまでする必要はあらへん。決め手はもうあります——脚立や」

脚立？

「管理人によると、一昨日の夜から昨日の朝にかけて何者かが忍び込み、物置の脚立を使ったそうです。

ところで、犯人はどうして超音波発生機を祭壇に仕掛けたんやろ？　大胆すぎて逆に盲点やし、遺影に近づくことで音が大きくなって、結果的には成功やった。けど、『ここから音が聞こえる』と、荒垣さんにその場で気づかれるリスクも充分あった。そんな危険を冒してまで祭壇に設置した理由は一つ、本来は設置しようとした場所に目当てのものが——シャンデリアがなかったからですわ」

　その人物が漏らした悲鳴が聞こえた。

「犯人は最初、発生機を天井からぶら下がったシャンデリアに設置するつもりでした。その方が見つかりにくいですからな。ところが、物置から拝借した脚立を担いで式場に入ってみると、天井にシャンデリアがなかった。犯人は知らなかったんや。式場で飾る『シャンデリア』が、電飾器具ではなく『シャンデリア幕』を意味することを」

　視線が一つずつ、その人物へと向けられていく。

「ぶら下がってる幕に取りつけることも考えたかもしれへん。けど、下手にいじって落ちてきたらたまらん。やむなく犯人は、発生機を祭壇に仕掛けた。脚立は使われることなく、物置に戻された。すべては犯人が『シャンデリア』を誤解したがために起こったことやった。

　海老原さんは元葬儀屋。シャンデリア幕のことは知っとったろうし、準備中も荒垣さんに解説しとった。智美さんも、自分で調べてシャンデリア幕のことは知っとった。知らなかったのはあなただけなんですわ、柳田さん」

　その人物——柳田の顔面は、先ほどよりもさらに蒼白だった。

「最初に戻ってきてもうたな。というわけで、犯人はあんたや」

「き、決めつけるな！」

柳田の声は裏返っている。

「僕じゃない。信じてくれ、みんな。だいたい……そうだ、彼がしゃべったことは、全部憶測じゃないか。脚立だって、管理人の勘違いかもしれない」

「ポケットの中を見せてもらえまっか。補聴器を操作するリモコンが入っとりませんか。シャンデリア幕を知らなかったことと合わせれば、あんたが犯人ということになると思うんやが」

「た……たまたま持ち歩いていただけだ」

「葬式のときに、なんでまた？」

「僕の自由だろう。どうしても犯人だというなら、決定的な証拠を見せてみろ！」

「そんなもん、いりまへんがな。ウチは別に、あんたを警察に引き渡すつもりはあらへん。法律上はたいした罪にならへんやろうしな。ただ、これで二度と咲さんをだしに荒垣さんを脅すことはできないで。なにかあったら、即刻あんたの仕業だとばれます。ここにいるみなさんが証人や。それだけ自覚してもろうたらええんです」

両肩を大きく震わせる柳田を見て、餡子の目的をようやくにして悟る。

ミステリーの謎解きを思わせる演出は、関係者一同を証人とすることで、柳田に同じことをさせないようにするため。明確な証拠がない以上、こうするしかなかったのだ。

「ぼ……暴論だ。お母さんや海老原が、僕に罪をなすりつけようとするかもしれない」

「ありえへん。ここにいる人たちは、咲さんの死を受け入れようとしとる――あんた以外は」

柳田の顔が歪む。自分と同い年には見えない童顔が、一〇歳近く老け込んだようだった。海老原が気遣わしげに言う。

「餡子さんの言うとおりだぜ。少なくとも俺と智美さんは、咲ちゃんの幽霊を演じようなんて思わない。でもさ、お前さえおとなしくしていれば、証拠もないんだし、とりあえず、これ以上追及されることは……」

「荒垣のせいで咲さんは死んだんだ！」

柳田は突然叫ぶと、自分の胸ぐらをつかんできた。

「咲さんが夢に出てきて言うんだよ。『死にたくなかった。創介さんにとめてほしかった』って。お前は彼女にQ市に行こうと誘われたのに、断ったと言ってたよな。断らなきゃよかったんだよ。そうしたら咲さんが衝動的に死ぬことはなかった。僕なら絶対、一緒に行ったのに。こんなことになるなら、僕が咲さんを……」

咲に抱いている柳田の感情に、いまのいままでまったく気づかなかった。

咲の死を信じたとき号泣したのは、そういうわけだったのか。

「だから超音波を聞かせてやったんだ。咲さんを死なせたお前には当然の報いだ！」

柳田は唾を飛ばしながら叫び、自分を激しく揺さぶる。

柳田を押さえつけるつもりなのだろう、高屋敷の巨体が近づいてきた。自分はそれを手で制し、柳田の充血した目を覗き込む。

「確かにお前の言うとおり、自分は咲と一緒に行くべきだった。でも、どんなに悔やんだところで運命は変えられないんだ」

「開き直るつもりか？」

「違う。これからも自分はずっと悔やみ続けると気づいただけだ——咲とは、二度と会えないのだから」

「なにを……なにを、わかり切ったことを、いまさら……」

柳田は嗚咽すると、その場にくずおれた。

5

式場の片づけが終わってから、自分は紫苑たち三人と公民館の駐車場に行った。高屋敷だけは片づけをすることなく、電車で先に戻っている。フリーの葬儀屋に任せてはいるが、いつまでも会社を空けておくわけにはいかないとのことだった。

自分の隣にいるのは、海老原だけだ。

義母はあの後、疲れが噴き出したのか具合が悪くなり、自宅に戻った。「見送りできなくてごめんね」と紫苑に繰り返す義母の声音は、不思議と落ち着いていた。「すっかりやせちゃったから食べまくらないとね、咲の分も」とこけた頰を撫でて、ぎこちなくはあるが笑いもした。

柳田は、ご家族に連絡して様子を見てもらっている。明日にでも医者に連れていくそうだが、そのまま入院ということになるかもしれない。

「詳しい俺から見ても、なかなかの葬式だったぜ」

海老原が、偉そうに顎を上げながら紫苑に語りかける。

「あの荒垣が、まさかあんなに泣くとは思わなかったし、価格も適正だった。あんたらは『故人さまが浮かばれない』なんて言って、ご遺族に豪華な葬式を迫ったりしないんだろうな」

「もちろんです」

そうだよな、と呟いた海老原は、紫苑から目を逸らしつつ言った。

「あんたの会社は、いい葬儀社だ。この先は仕事が増えて、規模も大きくなるだろう。そのとき、人手が足りなかったら……まあ、その、なんだ。時々なら、手伝ってやらんでもないですよ」

途中から敬語になった海老原の言葉を聞いて、いろいろ口実を設けて葬儀の打ち合わせや準備に参加した理由が、なんとなくわかった気がした。

「か……勘違いするなよ。暇で暇で仕方のないときだけですよ」

「はい」

照れ隠しで突っ慳貪な態度を取る海老原を、紫苑は満面の笑みを浮かべ一言で受け流した。拍子抜けする海老原から自分へと視線を移し、紫苑は言う。

「咲のお葬式をお世話させていただき、友人としても感謝しております。ありがとうございました」

——咲と一緒にQ市に行けばよかった。

「荒垣さん？　どうかしました？」

「いえ、こちらこそ、ありがとうございました」

悔恨に呑まれかけていたことに気づき、急いで頭を下げた。生きているかぎりこれが続くことを覚悟したとはいえ、暗澹たる思いがする。

餡子が唐突に言った。

「デンマークの哲学者キルケゴールは、こんな格言を残しとります。『葬式は故人への思いに区切りをつける儀式ではあるが、それですべてが解決するわけではない』」

キルケゴールがそんな格言を残しているとは知らなかった。不勉強が恥ずかしい。しかし、なぜ急にそんな話を？　戸惑っているうちに、餡子は続ける。

「荒垣さんは奥さまを改めてお送りして、ご自身の思いを見つめ直したばかりなんやと思います。無理することはあらへんで」

目を瞠った。餡子は自分が抱いている悔恨に気づいている？　いつからだ？　餡子の口から「見つめ直す」という言葉を、以前にも聞いたような……。

——ご遺族が故人さまへの思いを見つめ直すためなら、ウチは何回だって葬式をさせてもらいまっせ。

最初に自分が北条葬儀社を訪れ、顔を合わせたときか。あのとき、既に……誰にも悟られまいとしてきたのに……。

餡子は続ける。

「時間が解決してくれることもありますわ」

時間か。きっとそうなのだろう。悔恨が完全に消えることはなくても、いつかは薄れたり、思い出す頻度が減ったり、落ち着いて受け入れられるようになったりするのだろう。というより、そう期待するしかないのだろう。

自然、餡子に頭を下げていた。

「ありがとうございます、餡子さん。あなたは、すばらしい葬儀屋だ」

「ウ……ウチは……その……そない言われるほどの……」

「そうなんです。餡子さんは、最高の葬儀屋なんですよ！」

意外と照れ屋なのか、しどろもどろになった餡子の声をかき消すように、新実が言った。餡子が虚を衝かれた顔になるが、新実はとまらず、知識豊富な葬儀屋、遺族の心に寄り添う葬儀屋、些細なことから故人の遺志を見抜く葬儀屋などなど、餡子をほめ称える言葉を興奮気味に、少しこわいほどの勢いで並べ立てる。

遂に、餡子が遮った。

「やめんか。ほんまに照れるやないか！」

「ほんまに」ということは、先ほどしどろもどろになったときは違ったのか？

紫苑たちが乗ったワゴンが角を曲がって見えなくなると、海老原は大きく息をついた。

「北条葬儀社の連中に、随分ほだされたみたいだな。まさか、直葬専門はやめて葬儀もするとか言わないよな」

「言ってほしそうだな」

「ば……ばか言え。俺は二度と葬儀屋には戻らないと言ってるだろう」

紫苑を真似て海老原を「そうか」と受け流し、公民館を振り返る。

葬儀をあげるより、直葬の方が合理的という考えに変わりはない。しかし合理的に追悼することだけが、遺族のためとはかぎらないのかもしれない。

それならば、

「なあ、海老原。料金はそのままで、ご遺体と一緒に火葬したいものを棺に入れるとか、故人さまが好きだった花を一輪供えるとか、そういうサービスを考えてみないか」

——咲と一緒にQ市に行けばよかった。

消えない悔恨を胸に、自分は言った。

葬儀屋の葬式

1

「高屋敷さんが亡くなりました」

　出勤してきた餡子さんと新実くんにわたしが告げたのは、一二月二〇日。鉛色の雲が空を覆う、寒い朝のことだった。

　今朝はずっと落ち着かず、普段は新実くんに任せているシフト表を眺めたり、何度も紅茶を入れ替えたり、事務室の中を意味なくうろうろしたりしていた。二人の顔を見たときは、やっと高屋敷さんの話ができるという解放感に似た感覚を抱いた。

　新実くんが、引きつった笑みを浮かべる。

「なに言ってるんですか、社長？　高屋敷さんが？　え？　亡くなった？」

「昨日の夜遅く、警察から電話があったの。Ｑ川に落ちたんだって。水も冷たかったし、ほとんど即死だったそうだよ」

高屋敷さんの趣味は、水を眺めることだ。昨日も帰り際に「これからQ川を見にいきます」と言っていた。「足を滑らせたら危ないですよ」「心配ご無用」という会話を交わしてから、まだ半日ちょっとしか経っていない。

「警察に行って、ご遺体を確認してきた。残念だけど、間違いなく高屋敷さんだった」

可能なかぎり感情を押し殺した、事務的な口調を心がける。

「なんで連絡くれへんかったんです？」

口調こそいつもどおりだけれど、餡子さんの目は険しくなっていた。

「ウチは昨日、第二当直やったんやで。電話くれたら、すぐに駆けつけましたのに」

「仕事以外で呼び出すのは悪いと思ったんです。警察への対応は、わたし一人で充分でしたし」

新実くんが、机に両手をついてわたしに顔を近づける。

「それで高屋敷さんはいま、どこにいるんです？」

「まだ警察だよ。いまお兄さんが引き取りの手続きをしている」

「高屋敷さんにお兄さんがいたんですか？」

「ええ。飛叡(ひえい)宗という宗派のお坊さん。連絡を受けて、車でD県から来たと言っていた。そして――」

紅茶で喉(のど)を湿らせてから続ける。

「その宗派の戒律で、高屋敷さんのお葬式をあげることはできないの」

「冗談でしょう。葬儀屋の社員なのに、葬式をやらないなんて。D県なら僕らがお世話することはなくても、せめて手伝いに――」

「『あげない』じゃなくて、『あげられない』なの。飛叡宗の教えでは、厳しい修行を経て徳を積んだ人だけが、亡くなった後、大勢の人に送られることを許されるんだって。ご遺族が宗教上の理由で葬儀は不要とおっしゃっている以上、同僚だからといって無理強いはできない」

「でも高屋敷さんは、葬儀屋で働いてたんですよ。ということは、飛叡宗だかなんだか知らないけど、教えを捨てたということじゃありませんか」

「捨てたんじゃない、迷ってたんだと思う。たぶん、ずっと」

訝しげな顔をする二人に、四年前の出来事を話す。

＊

当時の北条葬儀社は、社員全員に逃げられ、開店休業状態が続いていた。協力をお願いした餡子さんはまだほかの街での仕事が残っていて、社員はわたしだけ。大学を卒業したばかりで、仕事のあてても信頼もない。餡子さんが来るまでにせめて体力をつけておこうと、河原を早朝ジョギングすることが日課になっていた。

そんな、ある朝のこと。坊主頭の男性が膝を抱えて、川を眺めていた。大きな人だな、と思っただけで通りすぎかけたけれど、ぎゅるるる、と盛大な音が、男性のお腹から聞こえてきた。咄嗟にコンビニにダッシュして、おにぎりを買って戻る。わたしが「食べます?」と訊ねて差し出したおにぎりを、男性はたちどころに食べ尽くした。ついでに、ジョギング用にわたしが持ち歩いているスポーツドリンクも飲み干した。

それが、高屋敷さんとの出会いだった。

事情を詮索するつもりはなかったけれど、高屋敷さんは「一食の恩に報いるためには、事情を語らないわけにはいくまい。あなたも知りたいでしょう」と一方的に決めつけ、身の上話を始めた。

曰く。自分はD県に総本山のある、飛叡宗の僧である。飛叡宗は、厳しい修行を乗り越えた者のみが悟りに至るという宗旨を掲げている。それはそれでよいのだが、巷間の人々を怠惰と見下す傾向にある。自分は、それに違和感があった。飛叡宗の教えそのものはすばらしいとしても、人々と同じ目線に立つべきなのではないか。師匠や兄弟子たちにそう疑問をぶつけても、あしらわれてしまう。飛叡宗の教義に従うべきか、変えるべきか。答えを出せず、悩んだ末に寺から出奔した自分は、あてのない旅を続けているうちにQ市に流れ着いた。

「それで、行き倒れかけたというわけですね」

高屋敷さんは答えず、川へと目を遣った。

「水はいい。すべてを浄め、洗い流してくれる。悩みも葛藤も鎮まるようだ」

「そういうものですか」

しばらくの間、二人で並んで膝を抱え、川の流れを眺めてから、わたしは軽い気持ちで言ってみた。

「行くあてがないなら、うちの会社で働いてみませんか？　答えが見つかるかもしれませんよ。こう見えても葬儀社の社長なんです、わたし」

本当に軽い気持ちだった。それは名案だ、と即答されるなんて、思いもしなかった。

＊

「高屋敷さんはしょっちゅう、川を見にいっていたでしょう。もしかしたら、信仰に対する自分の迷いを洗い流してほしいと思っていたのかもしれない」

「それとこれとは話が別でしょう」

「でもお葬式は、ご遺族のものだから。わたしたちには、どうすることもできない」

「社長の言うとおりやな」

新実くんの顔が強張る。

「餡子さんまで。高屋敷さんですよ。仲間じゃないですか。なのに……」

「社長の言うとおり、ご遺族が葬式を否定している以上、ウチらにはどうしようもできへん――いまは」

餡子さんは踵を返し、ドアに向かう。わたしは後ろから声をかけた。

「どこに行くんです?」

「警察や。本日は有休ってことでお願いします。ウチもこの日で、ほんまに高屋敷さんが亡くなったのか確認したい。その後で、ご遺族と話してみますわ。どうすれば高屋敷さんにとって一番かを、率直に」

「そういうことなら、有休を認めます」

「一緒に行きますよ。社長、僕も有休ということで……」

「認めません。わたしは当直明けなんだよ？　このままぶっ通しで働けと？」

「あ」

「お前は今日一日しっかり仕事せえ。ご依頼があったら、フリーの葬儀屋に声をかけてやりくりするんや」

そう言い残し、餡子さんは事務室から出ていった。

「いくら餡子さんでも、お兄さんの説得は無理だと思うけど」

わたしが呟くと、新実くんが遠慮がちに訊ねてきた。

「もしかして、社長も高屋敷さんのお兄さんを説得しようとして、失敗したんですか？」

「説得はしてない。お葬式は、ご遺族のものなの。さっきも言ったでしょう？」

微笑んだつもりだけれど、たぶん、唇の両端を無理やり持ち上げただけにしか見えないだろう。

午後になってから、ひろ子の新居を訪ねた。有名な焼き物職人がつくったという「S

ＡＫＩ」と書かれた表札は、引っ越し前と変わらずドアに掲げられている。

「お待たせ……って、葬儀屋はそんな本まで読むのか」

お風呂場から出てきたひろ子は、目を丸くした。

「調べたいことがあって」

わたしは応じながら『法医学基礎入門』というタイトルの本を閉じる。縊死（いし）と絞殺の違いについて書かれたページを広げていたので、ひろ子には見せたくなかった。

「大変だな。いつもみたいに万年筆でいろいろ書き込んで、その本も真っ黒にするんだろうけど」

ひろ子がカーペットに胡坐（あぐら）をかく。目の前でそうされると、脚が長くてうらやましいといつも思う。

佐喜ひろ子は、わたしの幼なじみだ。職業は、アパレルショップの店員。黒のパンツスーツを着てばかりでおしゃれに疎（うと）いわたしでも、ひろ子のファッションセンスがずば抜けていることはわかる。みっともない格好をして会うと気が引けるので、今日も下ろした髪をワックスで整え、イヤリングとネックレスをつけてきた。

ひろ子の方は、ネグリジェのような部屋着で済ませているけれど。

ひろ子は胡坐をかいたまま右手で左の、左手で右の足首をつかみ、ため息をついた。

「咲が死んで、もう三ヵ月か」

三ヵ月前。オーストラリアに短期留学していたひろ子は、咲に部屋を貸した。Ｐ市に住む咲がQ市に出張する一週間限定の部屋貸しだった。

その間に、咲は首を吊ってしまった。

ひろ子は留学を中断して帰国。その後、警察に事情を訊かれたり、「さすがにこの部屋には住めない」と引っ越しをしたり、留学を再開したりと慌ただしくしていて、なかなか会う機会を持てないでいた。

今朝、わたしは会社を出るとすぐひろ子に「咲のことで話をしたい」と連絡して、時間をつくってもらった。

「咲は一度直葬にされたけど、紫苑が改めて葬式をあげたんだってね。いろいろと大変だったな……って、いまさらだけど大丈夫か？　目の下に、すごいクマができてるじゃないか。顔色も悪い」

「当直だったの。気にしないで」

高屋敷さんのことを話したら、「そんなときに、どうしてわざわざ会いにきた？」と目くじらを立てるに決まってる。

「それより、咲の話。ひろ子は本当に、あの子が自殺したんだと思う？」

「思わない」

わたしが言い終えるのとほとんど同時に、答えが返ってきた。

「警察は間違ってる。咲は悩んでたらしいけど、自殺するような性格じゃない。私の部屋で死ぬはずもない。しかも私がオーストラリアに行く前の日、『紫苑もがんばってるんだから負けてられない』と繰り返してたんだよ」

　わたしに負けてられない、か。

「遺書がなかったことも不自然だ。だから他殺だと警察に言ったのに、相手にされなかった。強盗でもないし、咲に恨みを持っている奴も見つからないからって。私はいまも納得してないけど、どうしようもない……って、なに？　そんな話をしにきたの？」

「うん。ひろ子の意見を聞いておきたかったの」

「責任を感じてるのか？」

　どきりとする。

「紫苑は咲が死んだ日に、一緒にご飯を食べたんだってな。自殺なら、そのときなにかできたと思ってるんじゃないか。それで、そんなに顔色が悪いんじゃないか」

　口にしているうちに「そうに違いない」と確信したらしく、ひろ子は座卓に身を乗り出してきた。

「だから自殺じゃなかったという証拠がほしいのか。そんなものなくても、何度だって言ってやる。咲は自殺じゃない。だから紫苑はなにも悪くない。そんな、いまにも自殺しそうな顔をしなくていいんだ」

　胸がきゅっとなって、気がつけばわたしはこう口にしていた。

「わたしが自殺するときは、必ず遺書を残すから」

　言い終える前に後悔した。ひろ子の細く整えられた眉が、みるみるつり上がっていく。

わたしは慌てて言う。

「冗談だよ、冗談」

「そういう冗談は嫌いだ。二度と言わないでくれ。あんたみたいな女に、そういう台詞は似合わない」

「ごめんなさい」

心の底から申し訳なく思う一方で、思ってしまう。

わたしに似合わない台詞なんかじゃないのに、と。


その日の夜。本来の当直だった高屋敷さんに代わって、わたしが会社にいた。

夕方から降り始めた雨は、やむことなく続いている。窓をしとしと打つ音は、冷たい雨であることを主張しているかのようだった。耳を傾けていると気が滅入ってくる。

今日は一日を乗り切るだけで精一杯だったから、余計に。

誰もいない事務室で、机に突っ伏す。いくら暖房を強くしても、震えは少しも鎮まらない。ティーカップは随分前に空になっているけれど、紅茶をいれ直す気力もない。

わたしがスカウトしなければ高屋敷さんは——無意味は承知で、想像せずにはいられない。

餡子さんなら、こういうときでも自分の感情をコントロールできるのだと思う。若いころから、政治家やヤクザなど、失敗したらおおごとになる故人さまのお葬式をいくつもお世話してきたらしい。そこで揉まれて、鍛えられた。だからなにがあっても、飄々(ひょうひょう)とやりすごすことができる。

わたしは違う。

社長だから、小娘と舐められたくないから、落ち着いているように振る舞っているだけ。本当は脆(もろ)くて弱々しいのに、無理やり背伸びをして。

去年の冬。蔵元杜氏——久石米造さんのお葬式。故人さまの意に反し、喪主さまが簡素な式で済ませようとした。感情を露にする新実くんの傍らで、わたしはそれ以上に狼狽し、澄まし顔をしているのが精一杯だった。餡子さんがいなかったら、どうなっていたかわからない。

今年の春。おばあさん——福沢今日子さんのお葬式。妙な新興宗教や偽物の僧が絡んできたけれど、直接の担当は新実くんだったので、途中までは客観的に見ることができた。でも故人さまの正体を知ったときは、顔から火が噴き出しそうだった。「生前相談のとき歩いているところを見たのに、全然気づかなかった」なんて余裕があるふりをして分析したけれど、腕組みしていないと自分を抑えられなかった。

今年の夏。少年——御堂隼人くんのお葬式。後から斎場で起こったことを聞き、居合わせなくてよかったとほっとした。ばらばらになった少年と、それを隠した母親なんて、想像しただけで胸がつぶれる。

今年の秋。幼なじみ——咲のお葬式。最初から最後まで平気なふりをしていたけれど、ことあるごとに咲のことを思い出し、ずっと泣きじゃくりそうで、海老原さんには素っ気ない態度で接することしかできなかった。「葬儀屋より女優の方が向いてると思うよ」とおばさんに言われたときは勝手に深読みし、顔が引きつってしまった。

子どものころから自分を装って生きてきたけれど、社長になってから、その傾向が一層顕著になった。いつか本性がばれてしまうんじゃないかと、この四年間、毎日たまらなく不安だった。

「わたしは葬儀屋になるべきじゃなかったの、お父さん？」

机に突っ伏したまま、ぽつりと呟く。

小さいころは、無条件で父が好きだった。黒いスーツを颯爽と着こなし、ご依頼があれば昼も夜もなく駆けつけ、お葬式をお世話する。かっこよかった。男の子が特撮ヒーローに憧れるように、わたしは父に憧れた。

わたしもお父さんみたいになりたいと願い、一三歳で父に弟子入りした。

時々家に来て「紫苑ちゃん、紫苑ちゃん」とかわいがってくれる餡子おじさんが、実はすごい葬儀屋であると知ったのもこのころだ。

子どもを表立って働かせるわけにはいかないけれど、お葬式はご遺族の目につかない裏方仕事も多い。学校が終わると父に従ってお葬式を手伝うことが、わたしの日課になった。

母はそれを苦々しく見ていた。わたしのヒーローは、母にとっては家庭を顧みない、仕事人間でしかなかった。父のことを好きだからこそ、反発が大きかったのかもしれない。「時代錯誤だろうとなんだろうと、女の幸せは結婚だよ。若いうちに結婚しなさい。でないと、ろくな男を選べなくなるよ」と、父にあてつけるように繰り返した。わたしはそれを聞き流し、夢中になって父の仕事を手伝った――一六歳までは。

その年齢になると、化粧によっては大人びて見える容姿になっていた。おかげで裏方だけでなく、受付に立たせてもらえる機会も増えた。

うれしかったし、やりがいも感じている中で、その日を迎えた。

あるお葬式の片づけをしている最中、ホールで一人きりになった。そこに、隣のホールで式を終えた葬儀屋が入ってきた。丸々と太った、中年の男だった。

声を上げる間もなく後ろから抱きつかれ、するめくさい息で囁かれた。

――なかなかいやらしい身体（カラダ）になったじゃねえか。

――小遣いをやるから俺の女になれよ。どうせもうヤリまくってんだろ？

――いまだけだぜ、稼ぎどきは。ババアになったら誰にも相手にされなくなる。

足音が聞こえたのでそれ以上のことはされず、男は逃げていったけれど、しばらく動けなかった。男の人にそういうことをされそうになったという恐怖と、そういう目で見られているという羞恥（しゅうち）。二つの感情に、金縛りにされた。

その日のうちに、ありったけの勇気を振り絞って父にこのことを報告した。

――紫苑ちゃんも女として見られる年齢になりましたか。これからは気をつけた方がいいですね。葬儀業界は、いまどき珍しいくらいの、典型的な男社会ですから。

父の返答は、それだけだった。

その後、あの男がわたしに近づいてくることはなかった。父が抗議してくれたことは間違いない。でも、感謝できるはずなかった。「典型的な男社会」と抵抗なく言える父が、あの男と重なって見えた。

それから、わたしは葬式の手伝いをやめた。残念です、と父は肩を落とし、母は喜んだ。進学した大学は家から通えるところにあったけれど、わざわざ独り暮らしをして、父と顔を合わせないようにした。

母は、大学生になったわたしにカレシができることを期待していたけれど、男の人がこわくてそれどころではなかった。学部でもサークルでも、仲よくなった異性はほとんどいない。咲の結婚式では、荒垣さんと目を合わせることもできなかった。

父との関係が再び変わったのは、咲の結婚式の少し後。倒れた父が末期のがんで、余命いくばくもないと告げられてからだ。さすがに病院にお見舞いに行くと、父はわたしと二人だけで話をしたいと言ってきた。

「典型的な男社会」の一言で受け流したことを、謝ってくれるのかも。

期待で胸がどきどきしたけれど、母が病室から出ていくと、父は窓の外を舞う枯葉色の落ち葉を見ながらこう言った。

——北条葬儀社は、僕の代で終わりにしようと思います。紫苑ちゃんが継ぐ必要はありません。

自分の肩が落ちたことがわかった。わたしにはもともと継ぐ気なんてない、と返すと、父は窓の外を見つめたまま、ですよね、と苦笑いした。

その後の闘病生活でも、父は「男社会」のことを謝るどころか、口にすることすらなかった。あきれつつも父らしいと思い、お見舞いに通い続けた。子どものころの思い出や、大学のことなど、些細なことを話して、笑い合えるようにもなった。

半年後、父は眠るように息を引き取った。かなしくはあったけれど、やれることはすべてやったし、また話ができる関係になったからよかったと納得もしていた。

でも、父のお葬式で——。

階下から玄関ドアの開く音が聞こえてきて、我に返った。

小気味よい足音が階段を上がってくる。「人の足音くらいなら聞き分けられる」と言っていた高屋敷さんでなくても、誰の足音かはわかる。顔を上げ、震えを抑えつける。

こちらの様子をうかがうようなノックの後、事務室のドアが開かれた。

「どうしたの、新実くん？　こんな時間に、しかも雨の中？」

「いえ……」

歯切れ悪く答え、新実くんは肩についた雨粒を払う。

彼がうちの会社に入って、一年ちょっと。こんなに長くいるとは、正直、思わなかった。人手が足りないから、その場しのぎで雇っただけだったのに。「意外と長続きするかもしれへんで。『門標を直筆したい』なんて非効率的やけど、こだわりを持った奴は強いもんや」という餡子さんの新実くん評を思い出す。

成人男性に言う言葉ではないけれど、最近は少し、雰囲気も大人っぽくなってきた。餡子さんと二人で飲みに行くことも増えたみたいだ。

「社長、本日はどちらにいらっしゃいました？」

こういうところも変わった。以前は「女性に対して失礼」と妙に構えてしまって、わたしにプライベートを訊ねてくることはなかった。

「友だちの家。咲のことで、ちょっと確かめたいことがあって」

新実くんは、そうですか、と呟いてから言う。

「さっき、餡子さんから連絡がありました。高屋敷さんのお兄さんはけんもほろろで、飛叡宗のお偉いさんに直談判するしかないと判断して、これからD県に向かうそうです。つまり僕と社長は二人っきり、ということです」

「急にどうしたの？　こんなときに、まさか、やめるなんて言うつもりじゃないでしょうね？」

緊張を悟られまいと冗談めかすわたしに、新実くんは首を横に振って告げた。

「久石米造、福沢今日子、御堂隼人、荒垣咲、そして高屋敷英慈。この五人を殺したのはあなたですね、紫苑社長」

2

窓を打つ雨音が、大きくなった気がした。

「ええと……ごめんね。いまは、冗談につき合ってあげられる気分じゃないの」

「冗談ではありません。あなたが殺したんです」

新実くんの中性的な顔は硬くなっている。

「きっかけは今朝の、高屋敷さんの一件でした。高屋敷さんは大切な仲間です。なのに飛叡宗の戒律に従って葬式をあげないなんて、社長らしくない。なにかがおかしいと思っているうちに、気づいたことがあります」

新実くんは自分の机に置かれたノートパソコンをわたしの方に向けると、キーボードを押した。ディスプレイに、勤務シフト表が映し出される。

「社長の勤務シフトと、彼らが亡くなった日時。両者を比較すると、見たくはなかったものが見えてきました。

まずは米造さんです。あの人の死は、あまりに突然でした。シフト表によるとその日の社長は朝から出勤で、僕の記憶が正しければ、米造さんが亡くなる数時間前に病室を訪れてますよね」

「わたしが殺したとでも？　どうやって？」

「米造さんが眠っている隙を突いて、点滴に薬物を投与したんです。後で検出されても構わないような、治療に使われている薬物を過剰に。社長は生前相談で、何度か米造さんのもとに通っていました。使われている薬物も特定できたはず。病室は個室だったから、目撃される心配もない」

「薬物が検出されたら、お医者さんに殺人だとばれちゃうよ」

「ばれてもよかったんですよ。米造さんが入院していたQ市立病院は、医療ミスを隠蔽していたという噂があったんだから。目論見どおり、病院側は自分たちのミスだと思って薬物混入の一件を隠し、病死として処理しました」

点滴　薬物を投与　病死として処理
並べられた言葉が鋭い針となって胸に突き刺さる。唇を強く噛み、漏れかけた声をつぶした。

「今年の夏、Q市立病院が七件の医療ミスを隠していたことが発覚しましたよね。プライバシーの問題から実名は報道されませんでしたが、亡くなった患者さんの年齢や病歴の中に、米造さんと一致するものがありました」

「医療ミスじゃなくて、他殺と判断される可能性もあったわけだよね。なら、わたしは随分と危ない橋を渡ったことになるけど」

「そうですね。でも、他殺とばれても構わなかったんです。社長は、米造さんが死にさえすればよかった。その理由——一連の殺人の動機については、後で話します」

ふうん、とわたしが気のない相槌を打っても、新実くんはとまらない。

「続いて、福沢今日子さんです。争った形跡がなく、盗まれたものもないので、警察は事故死と判断しました。間違いだったんですよ。社長なら争うことなく、今日子さんを階段から突き落とすことができたんです。孫娘の瑞穂さんが生前相談で訪れたとき、今日子さんと面識ができてましたからね。住所は、生前相談の申込書を見ればわかります。しかも、あの家の周囲には民家もほとんどない。目撃者を気にする必要はありません。

今日子さんを訪ねた社長は、うまく話を合わせて彼女の信頼を得た。それから適当な口実をつくって一緒に二階に上がり、階段から突き落とした。もし死ななければ強盗の仕業に見せかけて、撲殺なり、刺殺なりするつもりだったんでしょう。米造さんと同じく、死にさえすればよかったんです」

「新実くんだって、わたしと一緒に瑞穂さんから生前相談を受けたよね。条件は同じじゃない？」

「違います。今日子さんが亡くなったのは四月一七日。ご覧のように」

新実くんの長い指が、シフト表を指し示す。

「その日、僕は午後三時に出勤して、そのまま当直でした。今日子さんは、三時すぎに瑞穂さんに電話したそうです。その時間までは確実に生きてたことになるから、僕に犯行は不可能です。それより重要なのは、社長のシフトです。この日は一日休みでした。休みの日は疲れているから、家で寝ているんでしたよね。つまり、アリバイがない」

「そういう言い方をされると、恋人も友だちもいない、さみしい女みたい」

わたしの軽口を、新実くんは無視した。

「次に、隼人くんです。あの事故の後、興味本位の噂がいろいろ流れました。その中に、一つだけ真実があったんです。それは『事故の直前、背が高くて髪の長い、怪しげな女が目撃されている』という噂」

「それがわたしだと？」

「ええ。普段はアップにしているけど下ろしたら髪が長いでしょう、社長は。目撃情報と合致する。あの日、社長はある理由——これも後で話します——で目をつけていた隼人くんに声をかけ、仲よくなりました。隼人くんが気を許したところで頃合いを見て、ボールを道路に投げる。隼人くんに取りにいくよう言ったか、背中を押したかはわかりません。とにかくタンクローリーが走ってきたところで隼人くんは道路に飛び出した」

「おもしろい想像だけど、大きな見落としがある」

　席を立ったわたしは新実くんの前まで行くと、自分の頭頂部に手を置いた。

「ほら、わたしはこんなに小さい。髪形はともかく、身長が目撃情報と一致しない」

「錯覚のせいですよ。社長は小柄ですけど、隼人くんも七歳児にしては小さかった。小柄な者同士が並んだ結果、大人である社長が長身に見えてしまったんです。なお、隼人くんが亡くなったのは七月一三日。シフト表によると、その日も社長は休みです。連絡が取れなかったことを、よく覚えていますよ」

「どれどれ？」

　答えはわかっているが、わざとらしい声を上げてディスプレイを覗き込む。七月一三日、わたしは一日お休み。ちなみに新実くんは、午前九時から午後五時までの勤務となっている。わたしの視線を見て取り、新実くんは言った。

「隼人くんが轢かれたのは、午後二時だと聞いています。僕には無理ですよ」

「なるほど。じゃあ、咲も？　彼女が亡くなった日、わたしは咲と会ってるものね。体格差や立ち位置によっては絞殺を縊死に見せかけることもできるらしいしね。でも、わたしと咲に体格差はほとんどないよ？」

「さすがの社長も、幼なじみは手にかけてません。でも、間接的に殺害したようなものです。咲さんは、社長のがんばりを励みにしていたそうですね。その支えが折れたとしたら？　社長と会った咲さんは、なにかの理由で殺人鬼だと気づいてしまった。裏切られたショックから、遺書を残す間もなく衝動的に首を吊った。ありえる話でしょう？」

「わたしは殺人鬼ではないので、ありえません」

「なら、どうして今日、友だちの家に行ったんですか。高屋敷さんが亡くなった日に、わざわざ。咲さんの、なにを確かめようとしたんですか」

「それは……」

　言い淀んでいると、銀縁眼鏡の奥にある新実くんの目がかなしげに揺らいだ。

「話してもらえないなら、僕の口から言いましょう。社長は不安になったんです。咲さんが友だちに『北条紫苑＝殺人鬼』を示唆するメッセージを残していないか」

「三ヵ月も経って、どうしていまさら？」

「高屋敷さんにばれたからですよ」

　ここで高屋敷さんの名前を出されるとは思わなかった。

「あの人は結構な天然ぼけだから、はっきり気づいていたとは思えません。でも社長にとっては致命的となるなにかを知ってしまった。だから殺したんです。それが意味するものに、高屋敷さんが気づく前に。Q川に行くことさえ知っていれば、事故に見せかけることは可能ですからね」

　確かにわたしは、昨夜、高屋敷さんがどこに行くかを知っていた。

「ご遺族が葬式をやらないことに理解を示しておきながら、餡子さんに交渉を任せたのは罪悪感からです。社長になってからずっと一緒に働いた人間を殺してしまって、良心の呵責を覚えたんでしょう」

「新実くんはすごいなあ。勤務シフトだけで、ここまで想像を広げるなんて。それで？　さっきから動機だの、ある理由だの思わせぶりなことを言ってるけど、それについてはどんな想像をしているの？　どうしてわたしは、米造さんたちを殺したの？」

「――葬式を、するためです」

　新実くんは、身体の内側から絞り出すように言った。

「社長は大学を卒業してすぐ、お父さんの後を継ぎました。会社を率いるには若すぎる。

しかも、葬儀業界は男社会。いろいろ嫌な目にも、辛い目にも遭ってきたでしょう」

するめくさい息が、鼻腔に蘇った。それを振り払うため、強い口調で言う。

「だからなに？」

「社長が業界で生き抜いていくには、仕事で認められるしかない。認められるためには、利益を出すしかない。それには、ただ待っているだけではだめだったんです」

「つまり新実くんは、わたしがお葬式を増やすために人を殺したと言いたいんだね」

「そうです。いくら会社の評判がよくて仕事が増えても、安心できなかったんでしょう。

生前相談を受けていたから、米造さんも今日子さんも、亡くなったらうちが葬式を依頼される可能性は高かった。でも、社長は彼らが自然に死ぬのを待てなかったんです。隼人くん殺害の動機も、似たようなもの。社長は御堂先生が所属する党の政治家と対談したことがあるから、依頼されると踏んだんでしょう。これについては党が指定する業者に仕事を持っていかれそうになりましたが、餡子さんのおかげで結果的にはうちに回ってきた——以上が、僕の推理です」

「本当にすごいなあ、新実くん」

力の入っていない拍手をする。

「想像に想像を重ねてわたしを殺人鬼にして、動機まで考えてくれた。本気で感心する。でも、証拠はなに一つないよね」

「ええ、ありません」

拍子抜けするくらいあっさり、新実くんは認めた。あきれたわたしがなにか言う前に、

「でも」と言葉が継がれる。

「餡子さんなら証拠を見つけてくれます。僕の推理を話せば、必ず動いてくれる」

「餡子さんに話すつもりなんだ？」

「はい。さすがの餡子さんも、いまはまだ社長を疑ってない。でも、あの人ほど敵に回したら厄介な相手はいません。だから社長、いまのうちに自首してください」

悲愴感漂う口調だった。

「こんな夜更けにここに来たのは、餡子さんがD県に行ったからなんです。戻ってくるのは明日でしょう。そうしたら、僕の推理をすべて話すつもりです。そこがタイムリミットです。その前に、お願いだから自首してください」

「そんなこと言われても困るよ」

「じゃあ、社長は潔白を証明できるんですか？　これだけ状況が悪いのに？」

「それほど状況が悪いとは思わないけど。第一、わたしにはアリバイがあるもの」

「へ？」

構築した推理を滔々と述べていたのが嘘のような、間の抜けた声だった。

新実くんは、ぎこちなく唇を動かす。

「ア……アリバイ、ですか？」

「そう。新実くんの推理――というより妄想を支えているのは、わたしの勤務シフトで

しょう。今日子さんと隼人くんが亡くなった日、確かにわたしは休みだった。でも休みだからって、アリバイがないことにはならない」

「でも社長は、休みの日は家で寝てるって……」

「そういう日ばっかりじゃないの。まだ二〇代なんだから」

「なら、その日はなにをしてたんですか？　はっきり覚えてるんですか？」

「覚えてるよ、お見合いだったから」

…………。

…………。

…………。

「お……」

こんな至近距離で穴が開きそうなほど見つめられたのは、生まれて初めてだった。

「お……お見合い……ですか。それはまた……ええと……おめでとうございます」

「本当におめでたかったら、いまごろ独身じゃないでしょ」

「で、ですよね。どうもすみません」

「謝らないで。余計に傷つく」

嘘だった。最初から傷ついてなんかない。

お父さんの後を継いで葬儀屋になる。もらった内定は辞退する。

わたしがそう切り出したのは、大学四年生のときだった。母は、最初は笑い、途中から呆気に取られ、最後には泣いた。闘病生活を支えたことで、母は、父に長年抱いていたわだかまりを消すことができた。最後には長年連れ添った夫婦らしく、手を握り合って話もしていた。それだけに、わたしの決断がショックだったのだろう。

でも、なんと言われようとわたしは考えを変えるつもりはなかった。

それを悟った母は、北条葬儀社を継ぐことを認める代わりに条件を出した。それが「見合い話を断らないこと」。結婚すれば、わたしが葬儀屋をやめると決めつけている。そういうことじゃないのだけれど、母の気持ちを無下にできないし、したくもない。だから身体が空いているときは、可能なかぎりお見合いを受けるようにしている。最初から断るつもりだから、相手には心の中で詫びながら。

「母、相手方、お見合い場所の関係者。わたしのアリバイを証明してくれる人は、いくらでもいるよ。というわけで、仮に今日子さんと隼人くんが殺されたのだとしても、わたしは無実」

「でも……いや……」

慌てふためく新実くんは、入社したてのころに戻ったようだった。

「いや……そうだ。米造さんはどうです？　あの日の社長は休みじゃない。それどころか、米造さんの病室に行っている」

「うん、行ってるね——餡子さんと一緒に」

新実くんの口が、あんぐりと開いた。

「ベテランの餡子さんがいた方が米造さんも安心すると思って、付き添ってもらったの。みっともないから内緒にしてもらってたんだけどね。餡子さんなら、わたしがなにもしていないことを証言してくれる」

「じゃあ、咲さんも、高屋敷さんも……」

「当然、わたしは誰も殺してないんだから、咲が裏切られたと思って自殺するはずがない。わたしが高屋敷さんを殺す理由もない」

わかってもらえた？　と口にする代わりに、小さく首を傾げてみせる。

「す……すみませんでした！」

新実くんは、土下座せんばかりの勢いで頭を下げた。

「そんなに恐縮しないで。同僚が急に亡くなったんだもの。冷静な判断ができなくて当然でしょ。それに、わたしが高屋敷さんのお兄さんにもっと毅然とした態度で臨めば、あらぬ誤解をされずに済んだのだし」

「そう言っていただけると……あれ？　でも」

顔を上げた新実くんが、訝しげに言う。

「今日わざわざ友だちの家に行ったのは事実ですよね？　なんでまた？」

「それは……」

覚悟を決めたはずなのに、言葉に詰まった。小さく息をつき、改めて口を開く。

「答える前に、新実くんに一つ質問。餡子さんは、尊敬できる葬儀屋だと思う？」

即答した後で、新実くんは「へ？」と、先ほどに負けず劣らず間の抜けた声を上げた。

「なんですか、その質問は？　意図がわかりません」

わたしは空のティーカップを持って戸棚の前まで行き、紅茶のパックを取り出した。

全身が心臓となってしまったかのように、どきどきする。

「わたしは、餡子さんはそれほど尊敬できる葬儀屋ではないと思うの」

新実くんが、あからさまに顔をしかめた。

「いくら社長でも、言っていいことと悪いことがありますよ」

「でも、例えば今日子さんのお葬式では、ぎりぎりまで真相を見抜けなかったでしょう。わたしが瑞穂さんとの打ち合わせの場にいれば、『棺にこだわりたい』と切り出された時点で、彼女の目的がわかったと思う」

「そんなの後からどうとでも言えると思いますけど、なら隼人くんは？　ご遺体の隠し場所を見事に言い当てましたよ？」

「それだって、わたしでも真相にたどり着けた。御堂先生と斎場職員の副島さんは当事者で動揺していたから、最後の最後までわからなかったようだけど」

「僕も最後の最後までわかりませんでしたけどね」

自嘲気味に呟いたものの、新実くんは続ける。

「だったら、咲さんの葬式は？　見事にトリックを見破って犯人を告発したじゃないですか」

「見破るのが遅すぎる。通夜式の前に気づくべきだったんじゃないかな」

「社長だって気づかなかったじゃないですか」

「冷静じゃなかったからね」

「え？」

新実くんには、わたしが本当は泣きじゃくりそうだったことを知られたくない。「幼なじみのお葬式だったから」とだけ説明すると、新実くんは渋々ながら頷いた。

「社長の言いたいことはわかりました。それでも僕は、餡子さんを尊敬します。米造さんの葬式では、あの人の真意──正確には『真意と思われるもの』ですけど、とにかくそれを見抜いて、雄二郎さんを見事にそこに導きました。あれは、餡子さんにしかできない芸当ですよ。まさか、『わたしにもできた』なんて言いませんよね？」

すぐには答えず──ううん、答えられず、ポットからティーカップにお湯をそそぐ。

「どうしたんですか、社長。さすがに反論できないんですか」

「米造さんのお葬式にかぎっては、わたしには無理。餡子さんは少しアドバイスしただけで、鮮やかに雄二郎さんを導いた。鮮やかすぎるくらい鮮やかに。まるで事前に準備していたかのように、手際よく。

新実くんが指摘したとおり、米造さんの死は、あまりに突然だったよね。もうしばらくは大丈夫だと言われていたのに。お医者さんも、ひどく驚いていた」

「なにが言いたいんですか」

湯気を立ちのぼらせるティーカップの柄を握りしめ、ゆっくりと自分の席に戻る。

「さっきも言ったとおり、去年の一二月一三日——米造さんが亡くなった日、わたしは餡子さんと一緒に病室に行った。お葬式についてお話ししたけど、米造さんが『眠くなった』と言うので切り上げたの。その後、車に乗ろうとしたところで、餡子さんは『トイレに行きたい』と言い出した。急いで病院に駆け込んで、そのまましばらく戻ってこなかった。この一年ずっと、そのことが心に引っかかっていた」

「なにが言いたいんですか」

先ほどよりも強い口調で、新実くんは同じ言葉を繰り返す。

「答えがわかったのは、新実くんのおかげだよ。

餡子さんは日本酒が好きだから、米造さんの生前相談を受けたときにお酒の話で盛り上がったと言ってたよね。そのとき、米造さんからお葬式に込めようとしている真意を打ち明けられたんじゃないかな。そこに喪主さまを巧みに導けば、北条葬儀社の評判は格段に上がる。そう目論んだ餡子さんの目に、米造さんは『できるだけ早く死ぬべき人間』に映った。そのための方法もあった。

治療に使われている薬物を点滴に過剰投与すれば、後から検出されても医療ミスで片づけられる可能性が高い。Q市立病院のことだからそれを隠蔽して、病死として処理する。最悪、殺人だとばれても、お葬式ができさえすればいい——だったよね。新実くんのその推理は正しかったんだよ。首謀者は間違っていたけど。そんな方法があると知っていれば、わたしももっと早く答えにたどり着けたかもしれない」

点滴　薬物を投与　病死として処理

針が再び、胸に突き刺さる。

「米造さんのお葬式の後、雄二郎さんはとても感謝して、うちの会社の評判を口コミで広げてくれた。おかげでたくさんのご依頼をいただくようになった。すべて餡子さんの計算どおりだったというわけだね」

鼓動が加速しすぎて苦しい。

「だから。なにが言いたいんですか」

「さっきの新実くんの質問に答えるね。今日わざわざ友だちの家に行ったのは、高屋敷さんが本当に事故だったのか、確信を持てなかったから。もしかしたら、気づいてはいけないことに気づいてしまい、川に突き落とされたんじゃないか。だとしたら咲も、なにかの理由で殺されたのかもしれない。そうすれば、遺書がないことも説明がつく。友だちから話を聞いたかぎり、咲が自殺とは思えないということで余計に疑いが深まった。この二人に関しては餡子さんの仕業かどうか、まだまだなんとも言えない。でも、米造さんの件は間違いないと思う」

「間違いないって、なにが……」

「とっくにわかってるんでしょう」

ティーカップを口に運んで紅茶を喉に流し込んでから、決定的な一言を口にする。

「餡子さんは、久石米造さんを殺した」

3

気持ちを鎮めようと化粧室の鏡の前に立っていたら、思いのほか時間がすぎてしまった。事務室に戻ると、新実くんは自分の席に座って天井をぼんやり見上げていた。

「大丈夫？」

声をかけると、新実くんは弾かれたようにわたしの方を見る。

「証拠……」

「え？」

「証拠……そうだ。証拠ですよ、証拠。証拠がありませんよ。社長の推理は、全部妄想じゃないですか。餡子さんが米造さんを殺した証拠なんて、どこにもない」

「わたしを告発したときは、証拠なんて度外視したくせに」

一瞬だけ言い淀んだ新実くんだったが、すぐさま反論してくる。

「それについては謝ります。でもだからって、証拠もなく餡子さんを犯人扱いしていいことにはならないでしょう」

「そうだね」

頷き、席に着く。

「でも、状況証拠がそろっていることは確かだよ。餡子さんがトイレを口実にQ市立病院に駆け込んでから、しばらく——たぶん二〇分以上は戻ってこなかったこと。鮮やかすぎるくらい鮮やかに、雄二郎さんを米造さんの真意に導いたこと。それから黙っていたけど、新実くんを米造さんの担当からはずすよう言ったのは、餡子さんなの。『経験の浅い新実には、まだ荷が勝つ。ウチに任せてくれまへんか』と言うからそうしたんだけど、これだって怪しいと言えば怪しい。担当になれば、雄二郎さんを誘導しやすい立場になれるんだから」

「いくら状況証拠を積み重ねても証拠にはなりませんよ。そんなことで疑うなんて、餡子さんに失礼だ」

「新実くんって、本当に餡子さんのことが好きなんだね」

「ええ、好きですよ。尊敬しています。それのどこが悪い。社長がどう言おうと、餡子さんは最高の葬儀屋なんだ。頭の回転だって、ものすごく速い。僕や社長が一〇〇人いたって、あの人には敵わない。万が一、殺人を犯していたとしても、証拠を残しているはずがないんですよ！」

一気に捲し立てて肩で大きく息をする新実くんに、わたしは、できるかぎり感情を殺した声で言った。

「わたしが平気で、餡子さんを疑っていると思う？」

「……いいえ。社長の気持ちも考えず、失礼しました」

「落ち着いたみたいだね。なら、ブレインストーミングにつき合ってもらえる？　これまでのことを整理したら、なにか発見があるかもしれない。餡子さんが本当に殺人犯なのか、そうでないのか」

「――わかりました」

意を決したような新実くんの視線を受け、ティーカップに口をつける。

喉が、からからになっていた。

「報道から、米造さんが医療ミスで亡くなったとされていることは間違いなさそう。これが医療ミスではなく、殺人なのかもしれない。トリックは新実くんが推理したとおり。ただ、餡子さんだけに犯行が可能だったわけではない。Q市立病院はそんなに厳重に警備されているわけじゃないから、出入りしようと思えば誰でもできた。治療に使っていた薬品は、何度か米造さんのもとに通えば、だいたいは把握できる。米造さんが眠っていることを確認しさえすれば、点滴に薬品を混入させることもできる。そうなると、わたしや餡子さんはもちろん、米造さんの関係者全員が容疑者となる。あ、もちろん、新実くんも含まれるからね」

「さっきの仕返しですか」

新実くんは苦笑を浮かべつつ、ノートパソコンに目を遣った。

「シフト表によると、米造さんが亡くなった日、僕は午後三時から仕事です。とりあえず僕だけは、容疑者からはずしてください」

「残念。新実くんは今日子さんを殺害できる条件もそろっているから、状況だけなら立派な容疑者なのに」

「勘弁してくださいよ、謝ったじゃないですか。それに今日子さんが亡くなったときにも、僕にはアリバイがある。さっき確認したとおりです」

「そうだったね、残念残念」

殊更におどけてみせて、もう一度ティーカップに口をつける。それから、愛らしく見えるであろう笑みを浮かべて言った。

「どうして隼人くんが『七歳児にしては小さかった』と知ってたの？」

不意打ちの問いかけに、新実くんは明らかに戸惑う。

「なんですか、急に？」

「隼人くんの死について推理したとき、『小柄な者同士が並んだ結果、大人である社長が長身に見えてしまった』と言ったよね。どこで、あの子が小柄だと知ったの？」

「どこでと言われましても……ニュースで……」

「それはない。被害者が幼くて、あまりに凄惨な事故だから、マスコミは詳細については報道を自粛していたんだもの」

新実くんが口を閉ざす。

「斎場職員の副島さんなら、ご遺族から隼人くんの写真や動画を見せられたかもしれない。だとしたら、小柄であると知ってたでしょう。

でも、新実くんは違う。餡子さんの報告によると、ご遺族とそれほど接していないんだってね。お葬式の打ち合わせをしたのは餡子さん。お葬式のお世話をしたのも餡子さん。当然、隼人くんの写真を見る機会はなかったはず。見たとしても、遺影くらいだよね。骨壺に隠されていた頭部を見つけたのは新実くんだったらしいけど、それを見ただけで小柄だとはわからない。一体いつどこで、隼人くんが小柄だと知ったの？

ううん、知る術なんてないんだよ――生前の隼人くんを目にしたのでないかぎり。

隼人くんと一緒に目撃されたという長身の女性の正体は新実くん、あなただよ。顔立ちが中性的だから、お化粧をして、長髪の鬘を被れば、一見、女性に見えたはず」

「隼人くんが車に轢かれたのは午後二時。その日、僕は午前九時から午後五時まで仕事でしたが」

「咲を殺したのも、あなた」

新実くんを無視する。喉の渇きが収まらないせいか、声は掠れていた。唾を一つ呑み込んでからでないと、言葉を紡げない。

「九月六日、あなたはわたしと会っている咲を目撃した。彼女の後をつけたあなたは、わたしのことを口実に家に上がり込み、隙を見て首を絞めた。体格差があれば、索状痕の偽装は不可能ではない。長身の犯人が小柄な被害者の首に縄をかけ、背負うようにして絞めたら縊死と判断された事件があった――と、この本に書いてある」

机に置いた『法医学基礎入門』を指差す。

「新実くんは長身で、咲の背丈はわたしと同じくらい。かなりの身長差がある。もちろん、それ以外にもいろいろ条件がそろってないといけないから、身長差だけで犯行は成立しない。実際の成功率はほぼゼロ。遺書もないから自殺に見せかけられる確率も低かったけれど、ばれても構わなかった。あなたはとにかく、咲を殺したかった」

新実くんはあきれ果てたといわんばかりに肩をすくめ、ノートパソコンに目を遣った。

「どうして僕が、そこまでして人を殺したいのか？　それについて社長がどう考えているか知りませんけど、隼人くんが事故に遭った日も、咲さんが亡くなった日も、僕は仕事が――」

「そうだっけ？」

引き出しを開け、それを取り出す。颯爽と掲げようとしたのに、びっくりするほど手に力が入らなかった。

「こっちのシフト表によれば、米造さんが亡くなった日、新実くんはお休み。今日子さんのときは午後六時からの勤務。隼人くんのときは午後三時からの勤務。咲のときは午後五時に退勤。全然アリバイがないね」

眼鏡の向こうにある新実くんの目が、これ以上はないというくらい大きくなる。

「説明が必要だよね。厳しい修行をして、運動神経がいいはずの高屋敷さんが川に落ちたことがどうしても信じられなくて、誰かに突き落とされたんじゃないかと思ったの。

疑いたくないけど、餡子さんも新実くんも容疑者だった。そんなとき、新実くんが病気以外で亡くなった故人さま——米造さんや今日子さんたちのお葬式をやけに担当したがっていたことを思い出したんだ。だから念のため、今朝あなたが出勤してくる前にシフト表をプリントアウトしておいた。新実くんにはパソコンを使った業務を任せてるから、自由にシフト表を書き換えられる。その対策をしておこうと思って」

からからになった喉から、強引に言葉を絞り出す。

「米造さん、今日子さん、隼人くん、咲。四人を殺したのはあなただよ、新実くん」

ゆらり、と新実くんは立ち上がり。

わたしは、机に両手をついた。それを見た新実くんは、満足そうに頷く。

「よかった。薬が効いてきたみたいですね」

「……薬？」

言い終える前に、机に突っ伏した。足音が近づいてくる。

「さっきから喉が異常に渇いてませんでしたか、社長」

「なにを、したの……？」

「社長がトイレに行っている間に、紅茶に薬を混ぜたんですよ。痺れ薬です。そんなにきついものじゃないから安心してください」

足音が、わたしの前でとまる。ぎこちなく顔を上げたわたしは、そのまま身体をふらつかせて椅子から転がり落ちた。冬の床は冷たく、氷の上に横たわったようだった。

新実くんは、わたしを見下ろして言う。

「餡子さんを貶めたり、殺人犯だと推理したりしたのは、僕の油断を誘うためだったんですね。でも、嘘でも餡子さんにケチをつけるのは許せません。餡子さんは、ご遺族に最もいい形で葬式をしていただくためにどうするべきかをいつも念頭に置いて、その都度、最善のかかわり方をしている。だからご遺族はみんな、『いい葬式だった』と言うんです。なのに、とんだ揚げ足取りを。気の毒ですが、罰としてそのまま床に横たわっていてください。どうせこれから死んでもらうんですし。

でも僕なんかに怯えた顔を見られたくないでしょうから、こうします。社長の顔はぼやけてしか見えませんから、どうぞ安心してこわがってください」

新実くんは、はずした眼鏡をジャケットの胸ポケットに入れた。目が細くなり、眉間にしわが寄る。視力の低い人がものをよく見ようとするとき、自然となる表情ではある。でも眉間のしわは「新実直也」という人間そのものに走ったひびのようで、眼鏡の有無に関係なく別人に見えた。

「僕がわざわざ社長犯人説を披露したのは、アリバイを確認するためなんです。いつかは、餡子さんや警察に疑われる日が来る。そうなったら罪を被ってもらおうと思って、社長のシフトに合わせて犯行を行っていたのですが、休みの度に寝ていたとはかぎりませんからね。まさか、お見合いをしていたなんて。驚いたし、残念ですよ。隼人くんを殺したときは、黒髪の鬘まで用意したのに」

表情と違い口調はいつものまま、新実くんは自分の机に行って引き出しを開けた。

「シフト表を偽装したのは、念のためです。数ヵ月以上前のシフトを、正確に覚えている人なんてそうはいませんから。幸いどの日も、記憶に残るような仕事も依頼もなかったし。みなさん、僕にスケジュール管理を任せきりだから、偽装を最小限にとどめれば多少の矛盾はあってもごまかせると思いました。結果的にはそのせいで墓穴を掘ってしまいましたが、社長の推理もすばらしかった」

そう言いながら新実くんは、引き出しから取り出した手袋を嵌めた。次いで太い縄を取り出し、傍に戻ってくる。這って逃げようとしたわたしだけれど、髪をつかまれてしまった。

「どうせその身体では逃げられませんよ。あきらめてください」

新実くんの指が、わたしの首を伝う。予期していたので、これには耐えられた。でも、

「これだけ細いと、五秒で絞め殺せますね」

その一言が、ご遺族に葬儀の説明をするときの声と変わりがなくて、鳥肌が立った。

「今夜は最初から、社長を殺すつもりで来ました。二日連続の殺人になってしまいますが仕方ない。飛叡宗の言いなりになって、高屋敷さんの葬式をあげないと決めた社長にだって責任があります」

「やっぱり高屋敷さんも、新実くんが……動機は、一つでもたくさんお葬式を経験する

ため……？　そうすれば、『ざらり』がなにかわかると思って……？」

新実くんは、おばあさんを直葬で送ったという。「僕なりに、ちゃんと祖母を弔いました。でも心の中に、『ざらり』とした言いようのない感覚がある。葬式をあげたご遺族と、なにかが違う気がするんです」と、時折言っていた。それがなにか知りたくて葬儀屋を続けているのだ、とも。

「社長は、それが僕の動機だと思っていたんですね。当たっていないわけじゃないけど、少し違います。僕はね、こわかったんですよ」

「こわかった……？」

「ええ。最初は、この仕事をしていれば『ざらり』がなにかわかると思っていました。でも、いくら葬式をお世話してもだめだったんです。葬式を終えた後のご遺族を見る度に『ざらり』がなんなのか、却ってわからなくなりました。僕よりもずっといい加減に故人さまを送ったご遺族を見たときでさえ、『ざらり』を感じるんです。混乱しましたよ。このまま一生わからないかもしれないとこわくなりました。でも、自分と共通点のある人がどんな葬式をするか見ればわかるかもしれないと思ったんです」

「…………っ！」

うめき声しか出せないわたしを見下ろし、新実くんはいつもと変わらない口調で語る。

「米造さんは、祖母と同じで厳しい人のようでした。今日子さんは、祖母と同じで孫と二人暮らしでした。どちらの葬式でも、僕と共通点のあるご遺族を見られる。しかも、どちらもうちに生前相談している。葬儀を依頼される可能性は高いと思って殺したら、そのとおりになりました。香織さんから、今日子さん――あの時点では、まだ美和子さんだと思ってましたけど――と瑞穂さんの血がつながってないと聞かされたときは、僕と境遇が違うことになると思ってびっくりしましたけどね」

あのとき新実くんが口にした「血がつながってない⁉」という驚きの声が鼓膜に蘇る。

「とはいえ、どちらの葬式でもご遺族を見たときは心の底から安心できました。僕もこの人たちと同じように大切な人の死をかなしんだから、なにも変わらない。『ざらり』の正体も必ずわかる――そう確信できたのは短い間だけで、すぐにまたこわくなりましたけどね」

「それで隼人くんを……でも、どうしてあんな小さい子どもを……」

「御堂先生が、冠婚葬祭に金をかける必要はないという考えで、自分が死んだら直葬にしてもらいたいと言っていたからです。冷静沈着なあの先生なら、息子も直葬にすると思いました。そうしたら、僕と送り方が同じだ。社長は活躍する女性ということで与党の政治家と対談しているから、依頼が来ると思いました。うちは大きな葬式ばかり依頼されるから、こうでもしないと直葬はお世話できませんからね。

党の偉い人が出しゃばって、ほかの業者に大きな葬式の依頼が行ったと知ったときは、隼人くんに申し訳なくなりましたよ。でも隼人くんの葬儀がどうなるか気になったから、わざと鍵を落として斎場に戻りました。結果的にはうちでお世話することになったから見届けたかったのに、餡子さんに担当しなくていいと言われてがっかりしましたよ。それから咲さん。思えば彼女がターニングポイントでした」

新実くんは、小さなため息をつく。

「隼人くんの後、自分と共通点のある人がなかなか見つからなくて、こわさはどんどん増していきました。このままだとおかしくなると焦っていたとき、閃いたんです。僕に身近な人が葬式をするところを見れば自分と較べることができて、『ざらり』がなにかわかるかもしれない、と。だから、たまたま見かけた社長の友だちを殺しました。友だちの葬式で嘆きかなしむ社長を、見てみたくて」

そんな理由で咲を……！　奥歯を嚙みしめるわたしとは対照的に、新実くんの口調は変わらない。

「後をつけたら、咲さんは『ＳＡＫＩ』という表札がかかっている家に入りました。社長が彼女を『咲』と呼んでいたから自宅で間違いないと思っていたのに、まさか、佐喜という名字の友だちの家だったなんて。Ｐ市民だと知ったときは、葬式をお世話できなくなると思って、心底がっかりしましたよ。

でも、思わぬ形で夫の荒垣さんから葬儀の依頼が来た。しかも荒垣さんは、一度直葬で咲さんを送っている。僕とよく似た境遇です。張り切ってお世話させてもらいました。僕に身近な人——社長が葬式をする様をじっくり見ることができたし、告別式で泣いている荒垣さんを目の当たりにしたときは、やっぱり僕も同じだと思って、不安が完全に消えました。今度こそ『ざらり』がなにかわかると思って、ついテンションが高くなってしまいました」

　P市からの帰り際、餡子さんをほめ称える言葉を興奮気味に並べ立てていた新実くんの姿を、嫌でも思い出してしまう。

　新実くんは、今度は大きなため息をついた。

「それが勘違いだったことは、この状況を見ればわかると思います。今度こそと期待していただけに、ショックは大きかったです。もうこれまでの方法を繰り返しても意味がないと悟りました」

「だったら、どうして高屋敷さんを……？」

「最後の手段として思いついたのが、僕にとって身近な人の葬式をもう一度することでした。そうすれば、祖母を直葬にしたときの自分自身と比較できて、『ざらり』がなにかわかる。よくよく考えれば、最初からこうすればよかったんですよね」

　新実くんが苦笑いを浮かべる。まるで雨の日に傘を忘れたことに気づいたときのような、悪意のない苦笑いだった。そのせいで、背筋が粟立つ。

「餡子さんは尊敬しているし、僕の目標だから死んでほしくない。殺すなら社長か高屋敷さん。川に突き落とせば事故死に見せかけられるから、高屋敷さんにしました。ご遺族になる人がどこの誰かはわかりませんでしたが、北条葬儀社として葬式の準備を手伝わせてもらえると思ったんです。ところが、社長は飛叡宗の言いなりになってしまった。

参りましたよ。さすがの餡子さんでも、説得は難しいでしょう。そこで予定を変更して、社長も殺すことにしたんです。本当にごめんなさい」

新実くんは苦笑いを浮かべたまま、わたしの首に縄を巻きつける。

「痺れ薬の効果はあと数分で消えます。抵抗される前に首を吊らせてもらいますね。咲さんでコツをつかんだから、確実に自殺に偽装できます」

「解剖したら……薬が検出される……」

「薄めているので大丈夫。それに自殺と判断すれば、警察は解剖しないでしょう」

「あなたの思いどおりには……ならない！」

決死の思いで声を上げる。

「警察は、自殺だと見なさない。だって、遺書がないんだもの。わたしがなんのために昼間、友だちの家に行ったんだと思う？　自分の身を守るためだよ。友だちに『自殺だったら遺書を残す』と伝えてきたの。新実くんに、自殺に見せかけて殺されないようにね。いまからパソコンで遺書を書く？　そんなの、誰も信用しないよ。これでもわたしを殺せる？」

勢いだけで捲し立てると、途端に力が抜けた。暖房が効きすぎているわけでもないのに、床は冷たいままなのに、背中には汗が滲んでいる。

新実くんは、億劫そうに首を横に振った。

「そんなことのために友だちの家に行ったんですか。僕はあなたに罪を被せる日に備えて、ずっと観察していたんですよ。そのせいで餡子さんと高屋敷さんは——もしかしたら社長自身も——僕が社長のことを好きだと勘違いしてましたけどね。それだけ入念に準備をしてきたこの僕が、遺書のことを考えていないはずがないでしょう」

新実くんが右手を開き、わたしの目の前に突きつける。

そこには、ペンダコがあった。

「当直で一人のとき、僕はあなたの字を〝見本〟にして、そっくりな字を書けるよう練習していたんです。社長は勉強熱心で、葬儀や華道の本にいろいろと書き込みしてくれるから〝見本〟は充分すぎるくらいありました。その成果がこれです。ご覧になってください」

新実くんは、内ポケットから取り出した便箋を広げた。

〈久石米造、福沢今日子、御堂隼人を殺したのはわたしです。荒垣咲は、それを知って自殺しました。一連の殺人を知られたので、高屋敷英慈も殺しました。お葬式がしたくて、人をたくさん殺してしまいました〉

わたしの筆跡だ。とめはねはもちろんのこと、ほんの少し右上がりなところまで、なにもかもそっくり……いや、同一。これ、わたしが書いたんじゃ？　そんなはずないのに、そう思えてしまう。

「なかなかのものでしょう。しかも、ちゃんと万年筆で書いています」

「新実くん……万年筆なんて持ってたの？」

ボールペンを使っているところしか見たことがない。

「ええ、社長とまったく同じものを。普段は引き出しの奥深くに隠してますけど。社長はいつも万年筆を使っているでしょう。だから遺書もそれで書くべきだと思って、わざわざ同じものをさがして購入しました。でも万年筆って、慣れないとなかなか扱いが難しいですね。社長そっくりの字を書けるようになるまで、必死に練習しましたよ。それをごまかすため、門標の文字を書きたいと言ったんです。ペンダコができても『普段からきれいな字を書く練習をしてるんだ』と思ってもらえますからね」

だから門標の字を……っ！

ひっぱたいてやりたい、こいつの頬を。あらんかぎりの力を込めて。

「残念ながらこの遺書は使えません。書き直しです。米造さんと高屋敷さんを殺した罪悪感に耐えかねて死を選ぶ、という内容にしようと思います。僕が米造さんを殺した日、本当に餡子さんと一緒だったんですか？　それとも、あれも僕を嵌めるための嘘？　まあ、どっちでも構いません。その辺はうまく書いておきます。本人の筆跡による遺書が残されて、索状痕は不自然に見えない。どうです？　完璧な自殺でしょう？」

「新実……この……このっ……」

「呼び捨てですか。悔しそうですね。よかった、社長の顔がよく見えなくて」

眉間にひびを走らせたまま、新実くんは安堵の笑みを浮かべる。

「僕と飴子さんで立派な葬式をあげますから、どうか安心して死んでください。飴子さんは、世界最高の葬儀屋ですからね。それはそれはすばらしい式になることでしょう。そうしたら、今度こそ絶対に間違いなく『ざらり』がなにかわかる」

「ウチはそんな葬式やるつもりはないでえ、新実」

ドアの向こうから、妙な関西弁が聞こえてきた。新実くんが硬直する。

事務室のドアが開かれ、飴子さんが入ってきた。

4

「もう少し早く来てくれると思ってました」

首に回された縄をはずしながら、わたしは立ち上がる。

「堪忍や。考えをまとめるのに必死でしたさかい」

「危うく、新実くんの頬をひっぱたくところでした」

化粧室から戻ってきた後は、ティーカップに口をつけただけで紅茶を飲んでいない
――痺れ薬を飲んでいないことがばれないよう、一生懸命お芝居をしていたけれど。

新実くんはなにも言わない。眉間のひびを一層深くして、飴子さんを見つめているだけだ。飴子さんは、その視線を正面から受けとめて言う。

「ウチはD県になんぞ行っとらん。下の応接室に隠れとったんや。ウチがいないとなれば、その隙に必ずお前が動くと踏んだ。社長とのやり取りは、隠しカメラとマイクで一部始終確認させてもらった。社長が席をはずしている間、紅茶に薬を混ぜるところもしっかり見させてもらった。しかしウチが仕組んだこととはいえ、ほんまに社長を殺そうとするとは思わんかったで。高屋敷さんの耳は正しかったんやな。

ああ、言い忘れるとこだったわ。高屋敷さんは生きとる。川に落ちたけど、奇跡的に一命を取り留めたんや。ちなみにあの人は一人っ子やから、兄さんの話もでたらめや。いまは病院におる。で、ウチと社長を呼び出してこう言ったんや。『私を突き落としたのは新実だ。姿は見ていないが、背後から近づいてきた足音は、間違いなく新実のものだった』ってな」

私の耳なら足音くらい聞き分けられるのです、といくら高屋敷さんが力説しても、とても信じられなかった。新実くんには動機がない、と宥めるわたしに、高屋敷さんはほとんど自棄になって言った。

――あいつは私の葬式をあげたかったのではないか。

それを聞いた餡子さんが、ふと呟いたのだ。

――そういえばあいつ、病気以外で亡くなった故人さまの葬式を、やたら担当したがるわな。

それから社に戻って、新実くんの勤務シフトと担当を希望したお葬式、自然死以外で亡くなった故人さまとを突き合わせた末に、餡子さんは一つの仮説を組み立てた。その真偽を検証するために、わたしはお芝居をしたのだ。

「——そうか」

新実くんが、ようやく合点したというように頷く。

「すべて餡子さんの計画でしたか。社長にしては手際がよすぎるから、おかしいと思ったんですよ」

悔しいけれど、そのとおりだ。わたしは、餡子さんに言われるがまま動いただけ。

餡子さんの予想どおり、新実くんの口から「点滴　薬物を投与　病死として処理」という言葉が並べられたときは、鋭い針が胸に突き刺さったようだった。新実くんを怒らせるため、餡子さんがしてきたことに難癖つけたり、米造さんを殺したという推理を披露したりしている間は、うまく演じられているか不安で、全身が心臓になったようだった。痺れ薬を飲んだふりをした後は、騙せるか心配で喉がからからになった。

新実くんが事件を起こした動機もほとんど餡子さんが考えたとおりで、うめき声しか出せなかった。

わたしの意思による行動といったら、ひろ子の家に行ったことくらい。それだって「新実くんが無実の証拠を見つけたい」という祈りに似た願望のためで、なんの役にも立っていない。「自殺だったら遺書を残すと伝えるために行った」なんて、後づけもいいところだ。

あとは、新実くんの犯行だと信じたくなくて、餡子さんから借りた『法医学基礎入門』を何度も読み返したことか。こちらも、なんの役にも立たなかった。

「トイレに行った社長がなかなか戻ってこなかったのは、餡子さんからいろいろと指示を受けていたからなんですね。社長はそれに従っただけでしょう？　物腰やわらかな女性を装ったり、仕事が好きなふりをしたりしているけど、本当は一杯一杯だから、僕を騙す余裕なんてあるはずない」

見抜かれていたんだ。全身が熱くなる。

「社長を観察すればするほど、危なっかしくて心配になりましたよ。だから僕がしっかりしなくちゃと思っていろいろがんばれた――あ、こんな言い方は不愉快ですよね。でも咲さんも、社長が本当は脆いことに気づいていたみたいですよ。僕が『無理が祟って社長が心を病んでいる。相談に乗ってほしい』と切り出したら、すぐ家にあげてくれましたから。本性を知っていたからこそ、がんばっている姿が励みになったのかもしれませんね」

咲にも――それを新実くんに利用されて――わたしが自分を装わなければ――でも葬儀屋としてやっていくには――よろめきかけて、咄嗟に壁に手をついた。

「それにしても、餡子さんはすばらしい」

羨望に充ちた眼差しが、餡子さんに向けられる。

「社長を上手に動かして、僕を追いつめた。類い稀な洞察力と発想力がなければできないことですよ、これは。その力を存分に活かしているからこそ、いつもご遺族に感謝されるんですよね。やっぱり餡子さんは、葬儀屋の中の葬儀屋です」

「そんなたいしたもんやない。同僚が殺人鬼であることに、一年以上も気づかなかったんやから」

「餡子さんのせいじゃない、僕が上手に隠しすぎたからですよ。葬式ができれば殺人だとばれても構わないから大胆になれて、却って警察にも気づかれなかったみたいですからね。すみません」

申し訳なさそうに頭を下げる新実くんを、餡子さんはいつもよりさらに目を細くして、まるで微笑んでいるような顔をして見つめる。二人の距離は、たぶん四メートルくらい。壁に手をついたわたしは、そのほぼ中間にいる。

しばらく新実くんを見つめた末に、餡子さんは肩をすくめた。

「まあ、せっかくおほめにあずかったんやから教えたろうか。お前の中にある『ざらり』が、一体なんなのかをな」

「え？」

新実くんが驚きの声を上げる。わたしも目が丸くなっていた。それについては、餡子さんから一切聞いていない。

「僕自身にもわからないんですよ。いくら餡子さんでも、わかるとは……」

「それがわかるんや。ちょっと前に飲んだとき、お前はおばあさんが亡くなった日のことを話してくれたな。言わんかったけど、あのとき、実は気になることがあったんや。なんでお前は、おばあさんが亡くなった日の放課後、図書室に行ったんや？」

唐突な質問だった。新実くんは戸惑っている。

「なんでと言われても……試験が近かったから、勉強するために……」

「お前は誰かがいると気が散って集中できんタイプなんやろ？　だから当直の夜は、いろいろ勉強するチャンスなんやろ？　図書室に行く道理はあらへん。しかも、友だちと一緒になんて」

「よく覚えてないけど、たまにはそういう気分になったんじゃないですかね」

「それもあらへん。おばあさんから『絶対にいい点を取りなさい』と言われた試験が近かったんやろ？　そのおばあさんから、勉強するときは一人でやれと教えられたんやろ？　『そういう気分』になるタイミングではないんや」

口を閉ざした新実くんに、餡子さんは場違いににっこり笑う。

「お前には答えがわからんようやから、ウチが教えたる。お前は待ってたんや。おばあさんが、確実に死ぬのを。朝、学校に行く前、死にそうやったから」

「そんなはずない！」

新実くんが餡子さんに向かって、こんなに激しい声を出すとは思わなかった。餡子さんの方は、場違いな笑みを浮かべたまま首を横に振る。

「最後の朝、おばあさんはお前を追い払おうと右手を振ったんやない。その逆で、傍に来てほしくて振ったんや。お前だって、本当はわかってたんやろ。おばあさんは布団を被ったままなにか言ったそうやが、それだって聞こえてたんやないか。おばあさんは『助けて』とか『苦しい』とか、そういう言葉を口にしたんちゃうか」

「違う‼」

「お前はおばあさんの記憶を美化しすぎや。客観的に見たら、厳しいを通り越して残酷ですらあるで。新実家は名門だからいつまでも落ち込むな、なんて、両親を亡くしたばかりの子どもに言うことやない。お前だって本当は、別の言葉をかけてほしかったんやろ。高校に合格したときもそうや。第一志望やないけどいい高校に入ったんやから、『これからの三年間次第』なんて言わずに、ただほめてほしかったんやろ」

「違う！」

「お前が当直のとき、仮眠もろくに取らないで字の練習をしたり、あれこれ勉強したりしとるんで、根を詰めすぎやないかと思っとった。そうなったのは、おばあさんに『勉強しないとだめ』という強迫観念を植えつけられたからや。お前は、それがストレスだったんやろ。ストレスと言えば、おばあさんは朝晩の食事を必ずつくってくれて、お前は毎食、残さず食べてたんやったな。それだって、考えようによってはストレスだわな。お前毎食食べてたということは、友だちと飯(めし)を食ってくることも許されてなかったってことなんやから」

「違う」

「お前は、おばあさんとの生活に嫌気が差しとった。だからあの日、苦しんでるおばあさんを放って学校に行って、すぐには家に帰らなかったんや。お前が本気でおばあさんに死んでほしかったとは思わん。一時の感情に呑まれただけだったんやろう。だから亡くなったおばあさんを見たとき、後ろめたさ、罪悪感、負い目……なんでもいいが、とにかくそういう感情に苛まれたはずや。その現実から目を背けるために、無意識のうちに記憶を改竄して、おばあさんの死に自分は一切責任がないと思い込もうとした。でも深層心理では、自分のせいだということは嫌になるほどわかっとった。それが『ざらり』の正体や」

「違う……」

新実くんの否定は、どんどん弱々しくなっていく。

「北条葬儀社は、ご遺族が故人さまと向き合えるような葬式をお世話しとる。現実から目を逸らしているお前が、ご遺族を見る度に『ざらり』の正体がますますわからなくなるのは当然だったんや。自分が殺した人たちの葬式をやったところで、わかるはずがなかったんや」

その言葉に殴打されたかのように、新実くんはふらふらと後ずさると、窓に背を預けてうな垂れる。新実くんには見えなかっただろうけれど、餡子さんの眉根が一瞬、辛そうに寄せられた。

新実くんの歯が、かたかたと鳴り出す。

「僕のせいで……僕の……そうだ、僕がおばあちゃんを……だから、『ざらり』……」

そこから先は、スローモーションに見えた。

新実くんは顔を上げると、わたしと餡子さんに背を向け窓を開けた。冬の冷気と雨が吹き込んでくる中、窓枠に足を乗せる。

飛び降りるつもりだ！

新実くんは人殺しだったんだ。警察に捕まっても、どうせ死刑になる。このまま死んだって構わない。そんな考えが頭の中にあふれ返ったのは事実だ。

でも、わたしは言った。

「新実くんは、おばあさんのことを愛してるんだよね」

新実くんの身体が、窓から半身を乗り出した状態で動かなくなった。窓が開いたせいで激しさを増した雨音だけが、鼓膜に染み込んでくる。その状態がしばらく続いてから、新実くんはゆっくりとわたしを振り返った。

「なにを言ってるんですか？　僕はおばあちゃんを見殺しにしたんですよ？」

「おばあさんが厳しすぎたせいで、新実くんが憎しみに似た感情を抱いてしまったことは事実だと思う。でもそれだけだったら、後ろめたさを感じたりしない。自分に責任がないと思い込もうともしない。憎かったり、愛していたり……ううん、それだけじゃないね。第一志望でなくても、いい高校に入ったのにほめてもらえなくてがっかりしたり。

たまには友だちとご飯を食べてきたいけど、毎日食事をつくってもらって感謝したり。おばあさんに対してそういういろんな感情が混じり合ってるから、現実を受け入れられなかったんだよ」

「知ったようなことを言わないでください。社長になにがわかる――」

「わかるよ」

新実くんを遮って言い切る。

「わたしも、父に抱いている感情は一つじゃないから」

＊

父が死んだとき、もちろん、かなしくはあった。けれど、やれることはすべてやったし、また話ができる関係になれたからよかったんだと納得してもいた――お葬式のとき、遺族席に座って、父の遺影を見るまでは。

わたしの大きな目は、父譲りだ。遺影の中にあるその目が、わたしを見つめてくるようだった。父には「話すときは、必ず相手の目を真っ直ぐ見なさい」と教えられたっけ。最後の半年、父と見つめ合って話せたこともいい思い出だ……と思いかけたときに、気づいた。

――北条葬儀社は、僕の代で終わりにしようと思います。紫苑ちゃんが継ぐ必要はありません。

そう言ったときの父がわたしの目を見ず、窓の外を見つめていたことに。

その後は、ちゃんとわたしの目を見て話をしたのに。

お父さんは本当に、北条葬儀社を終わりにしていいと思っていたの？　本音では、わたしに継いでほしかったんじゃないの？　葬儀の場であることを忘れて、遺影に問いかけそうになった。

たとえそうしたところで、答えはもう永久にわからない。

最後の半年間、わたしは父となにを話してきたんだろう？　貴重な時間をすごしているようで、大切なことはなに一つ話せていなかったんじゃないか？

どこか深いところに落ちていくような感覚に襲われるのと同時に、腹が立ってきた。

見舞いに来た娘に最初にする話が会社のことというのが、そもそもおかしかったんだ。あの話が嘘でも本当でも、目を見て話してくれればよかったんだ。それ以前に、娘の相談を「典型的な男社会」の一言で済ませたことを謝るべきだったんだ。

遺影を見つめれば見つめるほど、自分が抱いている感情がなんなのかわからなくなっていった。自分の瞳からこぼれ落ちかけている涙が、なんの涙なのかもわからなかった。

でも、自分が望んでいることと、父がおそらく望んでいただろうことはわかった。

だから、葬儀が終わった後で決めたのだ。

北条葬儀社の社長になる、と。

＊

「新実くんは、決して許されないことをした。でも、急におばあさんがいなくなったこと、ひどい葬儀業者に当たってしまったこと、大学にいけるぎりぎりのお金しか残されてなくて不安だったこと。そういうことが重なっておばあさんに抱いている感情を見つめる機会がなかったことに関しては、気の毒だと思う」

新実くんは、両目を大きくしてわたしを見つめ続けている。少しではあるけれど、眉間に走っていたひびが薄くなっているように見えた。

新実くんは、両目を大きくしたまま言う。

「いまさら社長に、なんと言われたって――」

「あ、ＵＦＯや」

場違いすぎて却って調和している、長閑（のどか）な声が室内に響いた。

振り返ると、餡子さんは窓の外を指差していた。反射的に、そちらに目を向ける。でも雨に煙る夜の街並みが広がっているだけで、なにもない。

わたしが戸惑っている間に、餡子さんは新実くん目がけて一直線に駆け出した。

わたしと同じように窓の外を見ていた新実くんが、我に返る。窓枠をつかむ手を放し、飛び降りようとする。その腕を餡子さんは両手でがっしりつかみ、新実くんの身体を窓のこちら側に引きずり込んだ。新実くんは床に背中を打ちつけ、うめき声を上げる。

「さあ、お巡りさんとこに行くで」

新実くんの腕を捻じり上げ、餡子さんは言った。

5

「数珠のおかげでした」

高屋敷さんにそう告げられたのは、新実くんを警察に連れていった翌朝。マスコミの取材が激しくなる前に、急いで病院に報告とお見舞いに行ったときのことだった。

ベッドに半身を起こした高屋敷さんは、伏し目がちに続ける。

「新実に突き落とされたとき、数珠を握っておりましてな。川に落ちた瞬間、咄嗟に手を伸ばしたら、それが枝に引っかかったのです。数珠はすぐにばらけて流されていきましたが、私はなんとか陸に戻れました。その数珠は師匠から授けられた飛叡宗ゆかりのものでして……寺を離れたとはいえ、私は飛叡宗に助けられたようなもので……」

「修行に戻ってもらって、構いませんよ」

目を上げた高屋敷さんは、静かに頭を下げた。

「葬儀社で働いて、たくさんの故人さまやご遺族を見て、飛叡宗をもっと巷間に寄り添った教えにしたいという思いが強くなりました。それを師匠たちにぶつけてみます。四年間、お世話になりました」

目標を持った高屋敷さんが、たまらなくまぶしかった。「しばらくは残って手伝います」という申し出を断り、退院したらすぐお寺に戻るよう勧めて別れた。

あれから、何日経ったっけ？

北条葬儀社は、開店休業状態が続いている。四年前もそうだったけれど、あのときとは訳が違う。

葬儀社の社員が殺人を繰り返し、かつ、その人たちのお葬式をお世話していた。格好のスキャンダルに、世間は飛びついた。警察での再三の事情聴取に加えて、ストーカーまがいのマスコミの取材と、正義感に駆られた人たちの猛抗議。それらが、ひっきりなしにやってくる。自社ビルの壁は、放送できないスラングやイラストの落書きだらけだ。「全部が全部、北条葬儀社の責任じゃない」とかばってくれるご遺族もいるけれど、そうでないご遺族ももちろんいる。

営業再開は、もう不可能だ。

そんなことはわかっているのに、わたしはこうして会社に来ている。外は既に真っ暗だ。どうしてこんな時間に、こんなところにいるんだろう。訪ねてくる人だって、誰もいないのに。

四年間がんばってきた結果が、これか。

ため息の音に、玄関ドアの開く音が重なった。誰が来たか、考えるまでもない。

「今日も来とるんか。真面目ですな、社長」

事務室のドアを開けた餡子さんは、新実くんがいたときと変わらない調子で言った。

「でも、今日も髪は下ろしてるんやな。仕事モードのときはアップにするんやなかったんか？」

「マスコミは平気でした？」

答える気力もなくて、質問に質問を返す。

「今日は雪が降ってるさかい、ほとんどおらんで。そろそろ飽きられたのかもしれまへんな、『美人社長』も」

「マスコミは、若い女性にはとりあえず『美人』とつけるじゃない。それに、正確には『悪徳美人社長』でしょう」

ご遺族から直接批判されたわけではない。でもマスコミは北条葬儀社と他社の葬儀料金を比較し、「高すぎる」と難癖をつけてきた。内訳を見ればそんなことないとわかるはずだし、新実くんの殺人とは関係ないのに。

「気にせんでええ。故人とのお別れの儀式やで。納得行くものにしたかったら、多少は金がかかって当然や」

餡子さんはからからと笑う。この人だけは、事件を経てもなにも変わっていない。

北条葬儀社が開店休業に追い込まれると、すぐに方々から、餡子さんに依頼が入った。もともと餡子さんはフリーの葬儀屋「あんこ」。この四年はうちの専属だったけれど、手伝ってほしいと思っている葬儀社はたくさんあったのだ。

上下ともに黒のスーツを着ているから、今日もお葬式をお世話してきたのだろう。

「餡子さんは、すごいですね」

「いやいや。社長の方がすごいで」

「わたしは無理して背伸びしているだけの、痛々しい小娘です。新実くんに言われるまでもなく、気づいてたんでしょ？」

自虐気味に笑うと、餡子さんは首を横に振った。

「新実がなんか言うとったが、気にすることあらへん。社長は、故人さまときちんと向き合う強さを持っとる。先代の葬式の後、ウチはそれを確信したんや」

「なんでですか」

父にどんな感情を抱いているか、自分でもわからなくなっただけなのに。

「先代の葬儀でお焼香して席に戻るとき、社長を見たんや。あのときの社長は、怒っているようにも、かなしんでいるようにも、慈しんでいるようにも見える目つきで、遺影を凝視しとった。先代に対して、いい感情も悪い感情もどちらとも言えない感情も、とにかくいろんな感情を抱いていることがわかったで。それだけに、北条葬儀社の社長になると聞いたときは驚いた。先代から『娘に会社は継がせない』と聞いとったから、余計にな。でも」

餡子さんが、細い目をさらに細くする。

全然似ていないのに、なぜか父の目を思い出した。

「そのとき思ったんや。この子は、亡くなった人のええとこも悪いとことも全部向き合った上で、ちゃんと自分の人生を歩んでいけるんやな、と。そういう社長が口にした言葉だから、新実をとめることができたんや。あれはよかったで。ウチが格言を言うより、ずっと様になっとった」

「……まさか、格言で新実くんをとめるつもりだったんですか」

なんだか恥ずかしくなって、突っ慳貪な口調になって訊ねる。餡子さんは、当然のように頷いた。

「あいつがおばあさんにしたことは、ちゃんと突きつけなあかん。葬儀屋になってからどれだけひどいことをしてきたかも、自覚させなあかん。けど社長が言ったとおり、気の毒なところもあったから、少しは救ってやろうと思ってな。とびきりためになって、泣ける格言を用意しとったんや」

「前々から思ってたんですけど、格言は哲学者じゃなくて、餡子さんが自分で考えたものですよね」

餡子さんは、少しだけ黙ってから言った。

「今日は特別サービスで教えたる。そのとおりや。ウチの格言に、哲学者は一切関係あらへん。ウチと社長だけの秘密やで」

「そうですか」

白々（しらじら）するわたしに、餡子さんは子どもみたいに唇を尖（とが）らせる。

「もっと驚いてや。それにウチは少しアレンジしとるだけで、おおもとの格言はほかの人が考えたんや」

「誰ですか」

「ウチの周りにいた、市井の一般人や」

え？

「名前は知られてないし、歴史に残ることもない。せやけどウチにとっては大切な人たちで、彼ら彼女らの思想や哲学を一つでも未来に残したいと思うとる。そのために、有名な哲学者の名前を借りて箔をつけて、『格言』ということにしとるんや」

気がつけば、餡子さんの唇は尖っていなかった。餡子さんにしては珍しい真剣な眼差しで、わたしを見つめている。

「これがウチなりの、亡くなった人との向き合い方というわけやな」

わたしがなにも言えないでいると、餡子さんは一転して笑顔になった。

「でもウチよりもあんたの方が、亡くなった人としっかり向き合っとる。だから葬儀屋に向いとる。続けた方が絶対にええ」

「期待されても困ります。社員に殺人鬼がいた葬儀社なんて、相手にされません」

言葉の途中で、視線を窓の外に逃がした。

「すぐに結論を出すのは無理やろうな。時間をおいて考えたらええ。でも」

餡子さんがドアを開ける音がする。

「仕事もないのにここに来とるということは、葬儀屋を続けたい証やと思うで。もし葬儀屋としては再起不能でも、故人さまとご遺族をつなぐなにかをしたいんやろ。社長自身は意識してないみたいやけどな」

視線を戻す前に、ドアは閉じられた。


餡子さんが出ていってから、しばらくの間ずっと。

わたしは、椅子に座ったままでいた。

餡子さんは、わたしを買いかぶりすぎだ。葬儀屋を続けたいとも、故人さまとご遺族をつなぐなにかをしたいとも思っていない。

そのはず、なのに。

よろめきながら、窓辺に立つ。

夜と混じったガラスに、深々（しんしん）と降る雪と、髪をアップにしたわたしが重なった。

参考資料

『改訂葬儀概論』(碑文谷創　表現文化社)
『「お葬式」はなぜするの?』(碑文谷創　講談社)
『葬式は、要らない』(島田裕巳　幻冬舎)
『お父さん、「葬式はいらない」って言わないで』(橋爪謙一郎　小学館)
『死体は悩む――多発する猟奇殺人事件の真実』(上野正彦　角川書店)

お葬式の仕来りや風習は、地域によって異なります。また本書のお葬式には、ストーリーの都合により、作者が意図的に曲解している箇所もあります。実際のお葬式に当たっては、必ず信頼のできる葬儀屋さんにご相談ください。

謝辞

執筆にあたって、葬儀社勤務のA氏からお話をうかがいました。この場を借りてお礼申し上げます。なお、氏の口は大変堅く、故人さまやご遺族に関する情報は一言も口外しませんでした。したがって、この物語はすべてフィクションであり、実在の葬儀、人物及び団体等とは一切関係ないことを明記しておきます。

再文庫版のためのあとがき

※本編の内容に触れているので、ご注意ください。

『葬式組曲』は二〇一二年一月に原書房から上梓した、筆者にとって四冊目の小説である。第一三回本格ミステリ大賞の候補作になったほか、第一章にあたる「父の葬式」が第六六回日本推理作家協会賞短編部門の候補作になるなど、望外の評価をいただくことができた。

原書房には国内ミステリーの文庫レーベルがないため、二〇一五年一月、他社で文庫化してもらった。その際はほとんど話題にならず、いつかどこかで再文庫化したいとずっと願っていた。今回それが実現し、大変ありがたく思っている。

とはいえ、何分(なにぶん)、一〇年以上前に書いた小説である。いまとは登場人物の造形やミステリーに対する考え方があまりに違うので、再文庫化にあたっては全面改稿することにした。本編でも若干におわせたとおり、新型コロナウイルスの流行によって葬儀を取り巻く環境が激変したことも、全面改稿に踏み切った理由の一つである。そのため原書房版からは、物語の根幹を成す設定を一つ削除している。興味がある人は、ぜひ読み較べてほしい。

ただし、最終章「葬儀屋の葬式」で明らかになる真犯人については変えなかったし、変えるつもりもなかった。

率直に打ち明ければ、いまの筆者ならこういう小説は書かない。最終章に至るまでに真犯人を好きになってくれたであろう読者の期待を裏切ることになるからだ。実際、原書房版の刊行時は賛否分かれた。大学のミステリー研究会が主催してくれた講演会で『葬式組曲』のラストがやりすぎだと思った人は挙手してください」と呼びかけたところ、たくさんの手があがったことをいまもはっきり覚えている。

しかし、それこそが当時の自分の狙いであり、「感動できそうな話を四つ並べて、続編があるかもしれない雰囲気を漂わせ、最後に全部ひっくり返す」がそもそものコンセプトだった。それを変えてしまうことは当時の自分に申し訳ないし、なにより、これはこれでおもしろい。改稿に当たっては、このコンセプトがより際立つように伏線や設定を追加・調整したつもりだ。賛否分かれたとしても、読後なんの印象も残らない小説よりはずっといいし、満足のいくものが書けたと自負している。

最後に、お世話になった方々——紙幅の都合で一部の方のみ——に御礼を申し上げたい。

デビュー版元以外で一番最初に執筆依頼をくれた原書房の石毛力哉氏。「結婚式か葬式のミステリーを書いてください」と言われたときは両極端すぎる提案に面食らったが、おかげで『葬式組曲』を書くことができた。石毛氏がいなかったら、筆者はとっくに業界から消えていたことだろう。

再文庫化に尽力してくれた文藝春秋の荒俣勝利氏は、以前、『希望が死んだ夜に』という子どもの貧困をテーマにした小説も書かせてくれた。社会派ミステリーを書きたくても書けないでいる筆者の背中を、「作家は変わっていかなくてはならない」と押してもらい、恩人だと思っている。荒俣氏から引き継いで担当してくれた矢内浩祐氏、君島佳穂氏にも御礼申し上げたい。

三ページ前の謝辞にも名前をあげた葬儀社勤務のA氏。氏がいろいろ話を聞かせてくれなかったら、『葬式組曲』は完成しなかった。会うと酒を飲んでくだらない話ばかりしてしまうが、これからもそういう関係が続くことを願っている。

そして、本書を手に取ってくれた読者さんへ。一〇年以上前に上梓した小説を改稿して世に出せる機会はなかなかない。ひとえに、みなさんの応援のおかげである。この先もおもしろい小説を書いて、少しでも恩返ししたいと思っている。

二〇二二年五月末日　自宅にて

単行本　二〇一二年一月　原書房刊
一次文庫　二〇一五年一月　双葉文庫刊

DTP制作　エヴリ・シンク

文春文庫

葬式組曲（そうしきくみきょく）　　定価はカバーに表示してあります

2022年11月10日　第1刷

著者　天祢涼（あまねりょう）
発行者　大沼貴之
発行所　株式会社 文藝春秋

東京都千代田区紀尾井町 3-23　〒102-8008
TEL 03・3265・1211㈹
文藝春秋ホームページ　http://www.bunshun.co.jp

落丁、乱丁本は、お手数ですが小社製作部宛お送り下さい。送料小社負担でお取替致します。

印刷・萩原印刷　製本・加藤製本　Printed in Japan
ISBN978-4-16-791960-3

文春文庫　最新刊

猫を棄てる　父親について語るとき　村上春樹　絵・高妍
父の記憶・体験をたどり、自らのルーツを初めて綴る

十字架のカルテ　知念実希人
容疑者の心の闇に迫る精神鑑定医。自らにも十字架が…

満月珈琲店の星詠み　～メタモルフォーゼの調べ～　望月麻衣　画・桜田千尋
満月珈琲店の星遣いの猫たちの変容。冥王星に関わりが？

罪人の選択　貴志祐介
パンデミックであらわになる人間の愚かさを描く作品集

神と王　謀りの玉座　浅葉なつ
その国の命運は女神が握っている。神話ファンタジー第2弾

朝比奈凜之助捕物暦　千野隆司
南町奉行所同心・凜之助に与えられた殺しの探索とは？

空の声　堂場瞬一
当代一の人気アナウンサーが五輪中継のためヘルシンキに

江戸の夢びらき　松井今朝子
謎多き初代團十郎の生涯を元禄の狂乱とともに描き切る

葬式組曲　天祢涼
個性豊かな北条葬儀社は故人の〝謎〟を解明できるか

ボナペティ！　秘密の恋とブイヤベース　徳永圭
経営不振に陥ったビストロ！　オーナーの佳恵も倒れ…

虹の谷のアン　第七巻　L・M・モンゴメリ　松本侑子訳
アン41歳と子どもたち、戦争前の最後の平和な日々

長生きは老化のもと　土屋賢二
諦念を学べ！　コロナ禍でも変わらない悠々自粛の日々

カッティング・エッジ　上下　ジェフリー・ディーヴァー　池田真紀子訳
NYの宝石店で3人が惨殺――ライムシリーズ第14弾！

本当の貧困の話をしよう　未来を変える方程式　石井光太
想像を絶する貧困のリアルと支援の方策。著者初講義本